蔷薇折。一怀秀影花和月。
花和月。著人浓似、粉香酥色。

我总觉得它有着豪情万丈，不畏不惧。
是啊，它要畏什么惧什么呢——我有一瓢香，可以慰风尘哩。

此生所遇到的人和事，
并不比一朵花教会我的更多。
一朵花的盛开，就像一个传说。

花开在野

丁立梅——著

金城出版社
GOLD WALL PRESS
·北京·

图书在版编目（CIP）数据

花开在野 / 丁立梅著 . —北京：金城出版社有限公司，2021.10
ISBN 978-7-5155-2194-7

Ⅰ. ①花… Ⅱ. ①丁… Ⅲ. ①散文集－中国－当代 Ⅳ. ① I267

中国版本图书馆 CIP 数据核字（2021）第 077513 号

花开在野

作　　者 丁立梅
责任编辑 杨　超
责任校对 欧阳云
责任印制 李仕杰
文字编辑 彭洪清
开　　本 700 毫米 ×960 毫米　1/16
印　　张 17.25
字　　数 210 千字
版　　次 2021 年 10 月第 1 版
印　　次 2021 年 10 月第 1 次印刷
印　　刷 鑫艺佳利（天津）印刷有限公司
书　　号 ISBN 978-7-5155-2194-7
定　　价 48.00 元

出版发行 **金城出版社有限公司**　北京市朝阳区利泽东二路 3 号
邮政编码：100102
发 行 部（010）84254364
编 辑 部（010）64214534
总 编 室（010）64228516
网　　址 http://www.jccb.com.cn
电子邮箱 jinchengchuban@163.com
法律顾问 北京市安理律师事务所　（电话）18911105819

花开在野

我很喜欢到野外去，走着走着，就与花草们相遇了。

我很喜欢那种相遇的感觉，我看着它们，它们也看着我，如同初初相见，满满都是激动的喜悦。

花草们的相处模式，真叫我羡慕。泽漆可以跑到毛茛家里做客。宝盖草会跟蒲公英挤在一张床上。桔梗和野牵牛勾肩搭背，亲密无间。野豌豆罩着阿拉伯婆婆纳——它那么纤细，竟也有着侠义心肠。桃花在桃树枝上开着，油菜花在桃树底下开着，茅草在河岸边扎根，旋覆花跑过来撒欢。

花草们的世界里，没有谁比谁更高贵，也没有谁比谁更卑微。生而平等——人类为此奋斗了几千年，至今还在奋斗着，花草们却轻易就做到了。

我很容易就被一朵花俘虏。比如，一朵紫花地丁。比如，一朵蒲儿根。比如，一朵茑萝或芍药。它们怎么会那么美，美得像一朵被霞光映照着的云。美得像太阳，像月亮，像星星，像一串蹦跳的音符。

我从不敢轻视任何一朵花，它们各有各的本事。“泉瀑涓涓净，山花霭霭飞”，花也是有翅膀的哎，否则，怎么会跑到那深山幽谷里去？怎么会飞上悬崖峭壁？在峭壁的石缝里，它也能活得怡然自得，一派天真。

一块建筑物的废墟上，冒出了无数的野芫荽，淡紫色的小花，盘在一起，盘成一只只精致的花碟子，装得下清风，装得下春雨，装得下日月星辰，装得下任何目光的审视。我端详着那些花，惊叹着生命的神奇和美妙。此生所遇到的人和事，并不比一朵花教会我的更多。一朵花，它隐藏在大地腹部，隐藏在某颗种子里，经历了怎样的黑暗和等待，才拥有这样的颜色、气味和姿态？一朵花的盛开，就像一个传说。

有时，一想到我竟与一朵花相处了一整个下午，它慷慨招待我以好颜色好味道，我就万分感激。我会想到一些美好的事情，云朵安详，清风温柔，从前人的笑脸，似乎到了眼前。我重新捡拾起生命里的天真、喜悦和粲然，人间值得。

目 录

第一辑 拂桐芭

日子是按照花开花落过的。每一个寻常的日子，都渗透着草木清香。

第二辑　露台上的香丝草

自由，对一切的生命来说，是最高的奖赏。

第三辑　宛宛在野

我的眼光满足于所见之花。我学会了聆听和欣赏，世界因此更美了。

第四辑　最好的清供

我有一瓢香，足以慰风尘。

第五辑　春露到秋风

没有什么不开心是花治愈不了的。

紫藤挂云木，花蔓宜阳春，
密叶隐歌鸟，香风留美人。

第一辑

拂桐芭

日子是按照花开花落过的。每一个寻常的日子，都渗透着草木清香。

桃之夭夭

春天是绕不开桃花的，桃花是春天的形象代言人。

“小桃灼灼柳鬖鬖，春色满江南”，桃的小腰肢一扭，灼灼一笑，这春天，才给上了色，一点一点被揉进山山水水中。

十里桃花，红粉浩荡，自然是壮观着的。然一两棵桃树，倚着春风，笑嘻嘻地开着花，“满树和娇烂漫红，万枝丹彩灼春融”，也是美得妙不可言的。阳春三月，你散步至郊外，边走边低头看着脚下青青的细草，突然，有艳粉的光芒，划过一地的草绿。你一抬眼，哗，一树桃花扑了过来。你惊喜莫名，除了束手就擒，还能做什么呢？如果旁边刚好有一个小小池塘，那就更不得了了，一池塘的水，都被染得粉红粉红的。你很想把一颗心放进去养养，像养着一条可爱的小鱼。等你归时，再取出来，那颗心一定不一样了吧。因为，它已浸透了桃花精神。桃花精神是什么呢？活泼有，烂漫有，天真有。还有，纯净。你总是纷繁喧哗着的一颗心，太需要纯净了。

我想起小时的乡下，野地里，总有一两棵桃树在的。那时，野地里还会遇见杏树、梨树、枣树，是孩子们随便丢下的果核长出来的吧。桃树长在田埂旁，或是傍着一条沟渠长着。平时也不大注意它，然一旦它开起花来，就没有人能做到熟视无睹了。一地的麦苗青青，映得那粉粉的桃花，潋滟着，艳得直往人的眼里心里钻。我们这些贪玩的小孩瞥见了，也忍不住走过去，仰头望望它。心里面高兴着，过些日子，就有桃子可吃了。

野桃树结出来的桃，不过鸽子蛋大小，外面附着一层茸毛，却甜得要命。我们叫它毛桃，和鸟抢着吃。熟透的毛桃，洗也不用洗，轻轻一掰，它就裂成两半。吃完了，挑完整的果核带回家，丢在家前屋后。来年，那里定会冒出些小桃树。父母嫌它们占地方，悉数除去。但总有一两棵漏网之鱼，悄悄地成长起来。春天再回来的时候，它们也扛着一树桃花回来了。那时，家家屋前屋后，都有几树桃花映衬着。如今想想，我也曾是在桃花里住过的人呢，真的很奢侈。

近些年，城里也栽有不少桃树，是当风景赏的。我时常散步的路旁，就有一棵，被修剪得又欹又曲。唉，也不知它疼不疼。一月初的时候，它光秃秃的枝条上，性急的小花蕾就爬了出来，如褐色的小犬牙，龇着。二月里，那一颗颗褐色的“犬牙”，渐渐饱满起来，可以咬住路过的风，和一些鸟语了。到三月，“犬牙”们变得很花苞苞了，鼓鼓的，染着一点胭脂红，像幼儿嘟起的小嘴巴。满枝头都嘟着这样的小嘴巴，让人感觉好像进了幼儿园，到处都是娇娇的娃。有天我再去看，那些小嘴巴一个个张开了，一吐一口秀丽，春色就此变得妩媚而庄严。耳畔仿佛响起一首古老的歌谣：

> 桃之夭夭，灼灼其华。之子于归，宜其室家。
> 桃之夭夭，有蕡其实。之子于归，宜其家室。
> 桃之夭夭，其叶蓁蓁。之子于归，宜其家人。

那场穿行于桃花底下，欢天喜地举行的婚礼，成全了这世间所有的春天。春天有桃花来见，便不负春天了。

资料卡

桃花

科　　属： 蔷薇科。李属。

形状特征： 落叶乔木。花通常单生，短梗。萼片5枚，粉红色。变种有深红、绯红、纯白及红白混色等花色，以及复瓣、重瓣或半重瓣。

生长特性： 喜光。畏涝。耐旱。耐寒。华东、华北可露地越冬。花期3~4月。果熟6~9月。

分布区域： 原产于中国中部、北部。现已在世界温带地区广泛种植。

花　　语： 爱情的俘虏。

梨花院落融融月

每次读到屈原的《少司命》中的句子："秋兰兮蘼芜，罗生兮堂下。绿叶兮素枝，芳菲菲兮袭予。"我的眼前，总不由分说晃出老家堂前的两树梨花来，开到鼎盛时，恰似初雪飘落，清香四溢，那才真个是"绿叶兮素枝，芳菲菲兮袭予"哩。

老家是三间茅草房，坐北朝南。厨房是另外搭的两间，坐东朝西，与堂屋呈直角型。堂前一边栽着一棵桃树。另一边栽着两棵梨树，一棵是苹果梨，一棵是瓢梨。桃树是我和姐姐从野地里挖回来的。梨树是我爷爷栽的。因为我奶奶爱吃梨，他就去苗圃买了两棵梨树幼苗回来，为我奶奶栽下。

印象中，总是桃花先开。桃花谢了，两树梨花才慢悠悠地迈着小碎步来了。那时，梨树上的新叶子已长出来了，绿蓁蓁翠嫩嫩的，托着雪白的梨花，似翠斝杯里，满斟着琼浆雪沫。野蜂们闻香而至，碰杯声四下里嗡嗡直响。

我们那时并不太关心花朵的事，"寂寞空庭春欲晚，梨花满地不开门"，那是文人们的忧伤，我们不懂。我们更关心果实——那一颗颗梨子，什么时候结出来，什么时候能吃。所以它自开它的花，我们并不去打扰。

然却有那么一个夜晚，我于半夜里起床上厕所（乡下的厕所是建在室外的，与猪圈羊圈连在一起），打开门来，月光袭裹着梨花的清香，潮水般扑过来。我愣了一愣，眼前一片明晃晃的白，太白了。那浮在月色中的朵朵梨花，有着鬼魅之美，让还是小孩子的我，呼吸有过一刻的窒息。多少年过去了，那一幕月夜景象，仍鲜艳地储存在我的记忆中。当我有一次读到晏殊的诗句“梨花院落融融月”时，我说不出话来，愣愣发了半天神。那个有着梨花的月夜，对我来说，是美的启蒙。

桃树的寿命短，没几年，长在堂前的桃树就老朽了，枝干都被虫蛀空了，一碰一堆碎渣渣直往下掉，我爷爷把它伐倒做了木柴。两棵梨树却一直长在那儿，一年一年的，伴着我们长大。我嫁人了。我有孩子了。我的孩子大了，它们都还在那儿。我老公和孩子，都赏过那两棵梨树上的梨花，都吃过那两棵梨树结出的梨。我爷爷奶奶先后故去了，两棵梨树仍待在老地方，每年如期地开花、结果，无一次落空。

《诗经》里有名篇《甘棠》：

> 蔽芾甘棠，勿翦勿伐，召伯所茇。
> 蔽芾甘棠，勿翦勿败，召伯所憩。
> 蔽芾甘棠，勿翦勿拜，召伯所说。

这里的召伯施德于人，人感其恩，他死后，他曾倚靠着休憩过的梨树还在，人不忍破坏不忍砍伐，是为纪念。梨树是有德之树，故而长寿。

资料卡

梨花

别　　名：梨之花。
科　　属：蔷薇科。梨属。
形状特征：落叶乔木。花为伞房花序，两性花，花瓣近圆形或宽椭圆形。花色莹白，五瓣，花丝较长。花药有浅绿色、黑色等。有浓烈香味。叶圆，枝如伞状撑开。
生长特性：喜温暖。喜光照。对土壤的适应性强。
分布区域：我国大部分地区都有栽培。中国梨也被引种到欧美及日本等地。
花　　语：纯情、纯真的爱。

小小琼英舒嫩白

紫叶李开花，好像是一夕间完成的事。

昨日散步时，我看到它们还在含苞中。枝条上的花蕾和新叶，有些傻傻分不清，都是紫红的，新嫩的。我踮起脚尖，凑上去细看，才看清了那些花蕾，被纤细的红花梗擎着，似些小蝌蚪挤在一起。我当时还想着，它们什么时候会开呢？倘若开了，岂不是一群小青蛙跳跳蹦蹦而来？那才真叫好玩哩。

今日黄昏再见，哇，“小青蛙”已在枝头蹦跳着了。紫红的叶子衬着，素白的花看上去，染着红晕，带点粉色了，显得异常温柔。何况它的花朵本身就很温柔，花瓣像被谁揉搓了一下的薄绸子，楚楚着。五枚，小汤匙似的，环绕着中间的花蕊。花丝长短不一，上面托着紫红的花药。我有个错觉，那些小汤匙正被一群风握着，一勺一勺，在分享它花蕊里的香呢。

紫叶李的枝条浓密，纵横交错，满枝头的花都开好了，就有些密不透风的了。远看去，粉粉的一堆堆，似是堆砌起来的，真有点像樱花盛开时的盛况。有人误以为它是樱花了。我就听到两个过路的人在聊，一个说：“啊，樱花开了啊。”另一个接口道：“咦，这么多樱花，真好看啊。”我实在没有忍住，好心告诉她们：“这是紫叶李呢。”她们看我一眼，又看花一眼，没接腔，走了。神情里全是质疑，明明是樱花么，我们还会认错？

哎，她们说是樱花就是樱花吧。若细究起根源来，李花和樱花或许还真的是一家人哩，樱花是从野生的山樱演变而来的，李树是从野生的野樱桃演变而来的，它们的基因里，本就有着很多相似的地方。

前人对李花是颇具深情的，比如，南宋词人朱淑真曾赞它“小小琼英舒嫩白，未饶深紫与轻红”。一句“小小琼英舒嫩白”实在好啊，花虽细小，却颇是自信地向天向地舒展着它的嫩白。虽诗里的李花不一定是紫叶李，但那李这李都姓了李，一脉相承的自信，妥妥地在着。

紫叶李嫩白的花谢了后，树上结出累累的果实，当初的花开了多少，果实似乎就结出多少来。果实成熟时，有的红，有的紫，有的是黑紫的，乒乓球一般大小，外皮都如同打了一层蜡。果实太多了，鸟儿也吃不完的，果实就噼噼啪啪往下掉。地上铺一层了，遇雨发酵，散发出浓烈的酒糟味。

我有时从树下过，啪，一颗果实不偏不倚，正打中头顶。我揉着头，无可奈何看着那棵树。哎，小果实打在头上，真的有点疼呢。为不辜负它的美意，我每回都会捡一些，把口袋里塞得满满的，一边走一边吃，最后酸得牙实在受不了了。我曾想过用白糖腌制那些小李子的，一直也没有做。超市里有李子卖，大而结实，那是作为水果树的李树结出的李子。我偶尔买几个回来，放软了再吃，总觉着滋味寡淡，许是少了满地捡拾的乐趣在里头了。

资料卡

紫叶李

别　　名：红叶李、樱桃李。

科　　属：蔷薇科。李属。

形状特征：落叶小乔木。小枝淡红褐色。叶紫红色。花单生或两朵簇生。花瓣 5 枚，长圆形或匙形，边缘波状，白色。雄蕊 25~30 枚，花丝长短不等。

生长特性：喜好阳光充足、温暖湿润的环境，适应性强。浅根性，萌蘖性强，对有害气体有一定的抗性。花期 3~4 月。果实 5~6 月。

分布区域：我国华北及其以南地区广为种植。

花　　语：幸福、向上、积极。

柳花都开好了

真没想到，柳花会那么好看。

我仿佛是第一次看见柳花，惊讶得不得了，我站在那里，傻掉了。这到底怎么回事？几十年来，我有无数次机会与它们亲密接触，我的眼睛都干吗去了？我对自己很生气，这才是越是熟悉的事物，越是疏忽了呢。人是很容易犯着熟视无睹的错的。

雨打在伞上。雨打在湖水里。雨打在岸边的柳树上。岸边一排柳，柳丝低垂，每条柳枝上，都悬挂着许多的花，金黄地闪耀着，在雨粒的映衬下，温润可人。像新鲜的芒果，被切成一小片一小片的，用绿丝绦穿着。又如同精心打造的金饰，小粒的金珠子一颗一颗，粘成一个坠儿，最宜用在步摇上了。风轻轻一吹，它果真地一步一摇起来。

地上散落许多，看上去，似些毛毛虫在爬。小时我挺害怕这种毛毛虫的，它一身赤黄中，带一些黑色斑纹，很邪恶的样子，吾乡人称它“洋辣子”。它们雄踞在枣树上、梨树上，有时也会爬到桑树上去。总之，我们小孩子喜欢去爬的树，它们都爱去。倘若被它们辣上一口，那真是要命的事，整条胳膊、整个脖子都火辣辣地疼，眨眼之间，被它们辣过的地方就会红肿起来。遇上这等倒霉事，也无计可施，抓些烂泥去抹，或嚼碎了身边的野草去敷，也只是增添一丝凉意，削减点儿那火辣辣的疼罢了。被辣过的地方，总要疼上好几天，才消肿。

柳花是不会咬人的，我自然不怕。我蹲下来，捡起一撮，放掌中细细把玩。它实在太像毛毛虫了。是温柔的毛毛虫，摸上去茸茸的、软软的。有一棵柳上，所有的柳花几乎全部怒放了，就像给柳树披了件金缕衣。“苏小门前柳万条，毵毵金线拂平桥”，这毵毵金线拂拂的，该是柳花盛开时的景象吧，如同我眼前的这一棵。

柳的文学意象，基本上都与离愁别恨、伤春怀旧关联着。早在《诗经》里就有“昔我往矣，杨柳依依。今我来思，雨雪霏霏”之句，“一片伤心画不成”。“长安陌上无穷树，唯有垂杨管别离”，古人临别时折柳相赠，渐成习俗。

贺知章的《咏柳》是柳的文学意象中的一股清流：

碧玉妆成一树高，万条垂下绿丝绦。
不知细叶谁裁出，二月春风似剪刀。

真好，此处的柳，无关乎离愁别恨，它只负责窈窕，只负责美给春天看。

还有《红楼梦》里薛宝钗的《柳絮词》也填得好。她一改前人对柳絮的轻视和怠慢，为柳絮翻案：

白玉堂前春解舞，东风卷得均匀。蜂围蝶阵乱纷纷，几曾随逝水，岂必委芳尘。

万缕千丝终不改，任他随聚随分。韶华休笑本无根，好风凭借力，送我上青云！

这样的薛宝钗有英雄气概，很招人敬重。这样的柳絮远离了轻薄和小情小绪，它大度，从容，有气节，留给春天一个完美的背影。

关于柳花，在文人笔下却不显见。杜甫曾提过一笔“雀啄江头黄柳花”。那会儿，他与友人在江边对饮，半世坎坷浮沉，他生了退隐之心。江边的柳条鬖鬖、柳花灿灿，小雀们蹦蹦跳跳，乱啄着柳花，那活泼的快乐，越发衬出他心底的惆怅了吧，哪里还有心思细品柳花之美？倒是元朝的张可久，有着一份闲情，散步至一村庄，欣欣喜喜看着眼前的柳花开：

小玉阑干月半掐，嫩绿池塘春几家。乌啼芳树丫，燕衔黄柳花。

人家的池塘边，柳花都开好了，一片烂漫的金黄，燕子们嬉戏其上。一切都是簇新的、鲜亮的、宁静的、恬美的。

柳花禁不起风的撩拨，稍稍一撩拨，碎碎的细花，就跟芝麻粒似的，洒落一地。太阳晒上一晒，也就晒熟了呀，脚踩上去，咯嘣咯嘣的，发出欢快的歌唱。我很喜欢听柳花歌唱，那里面有莺燕之声，有雨水之声，有阳光之声。

资料卡

垂柳

科　　属：杨柳科。柳属。

形状特征：高大落叶乔木。小枝细长下垂，淡黄褐色。叶互生。花丝与苞片近等长或较长。花药黄色。

生长特性：喜光，喜温暖湿润气候。较耐寒，亦能生于土层深厚之高燥地区。萌芽力强，根系发达，生长迅速。花期3～4月。

分布区域：长江流域与黄河流域分布极广。

花　　语：依恋、离情别绪、思乡之情。

拂桐芭

“拂桐芭”三个字摆在一起，真正美极了。它出现在我国最早的一部物候学著作《夏小正》中：“三月……拂桐芭。”原意是指桐树开花了。可你分明感受到丝丝春风，正从这三个字中吹拂过来，一簇一簇的桐花，在和煦的春风中缓缓绽开，轻歌曼舞。我常常要惊叹且羡慕古人，他们对自然的那份敏感、懂得和敬畏，是嵌入到生命的每一个缝隙中的，春分候海棠、梨花、木兰，清明候桐花、麦花、柳花，他们让每一个寻常的日子，都充满期待，渗透着草木清香。

桐花美。花开时，几乎照不见一片叶子，满树一嘟噜一嘟噜的全是花，像半空中炸开了一堆烟花，酣畅淋漓，飞流直下。一般紫色居多，也有白色的。它的树体又高又直，树冠披散，本身就非常俊美。再扛着一头一身紫色的花，是怎样的一种景观？真的叫人惊叹得很的。

历来的文人们，对桐花都赋予深情，李商隐曾写过这样的诗句：“桐花万里丹山路，雏凤清于老凤声。”万里丹山路上都开着桐花，这等气势，也只有桐花撑得住。陆游的桐花，是他无意中邂逅到的：“纤纤女手桑叶绿，漠漠客舍桐花春。”当时，他正滞留在去临川的途中，因春水暴涨，深溪上的桥被冲垮，他过不去了，心情惆怅得很。这时候，却突然瞥见满满盛开的桐花，笼住他入住的客房。他惆怅的心绪，得到一丝抚慰。明代有个叫黄姬水的书法家，对桐花也十分痴迷。有一年，桐花开时，他携了酒进山赏花，与花对饮，不知不觉竟醉卧山石上。等他醒来，哇，太阳已经下山了，一帘月色，正笼罩着一树树桐花：

> 山中长日卧烟霞，车马无尘静不哗。
> 石上酒醒天已暮，一帘月色覆桐花。

彼时彼刻，是何等的静美！唯有月色与桐花与他，素心花对素心人。

我原先所在的校园，教学楼后，也有桐树两棵。四月里，我在教室里上课，稍稍一扭头，就能看到窗外累累的桐花，都高过三层楼了。淡紫粉白的花朵，又多又大，如垂挂着的铃铛，紫风拂拂，响声叮零。我望着发愣，笑。孩子们看着我，跟着笑。我停下课，对孩子们说："来，我们一起看看桐花吧。"孩子们就都拥到窗口，似乎是第一次看见桐花，他们惊奇地叫："原来泡桐也开花啊。"我后来搬离了那个校园，再也没见过那两棵桐树。听说校园经过一番改造，原先的花草树木大多被移走了。很可惜呢，那么多我熟悉的草木，再也无法相见了。

我的乡下，泡桐也是常见的树种。它易长，几年的工夫，就能长得又粗又高了。但它木质疏松，做不得上等木材，吾乡人对它，不大看得上眼的，他们说，哎呀，泡桐嘛，容易裂缝呀，容易变形呀，不好不好。只拿它做做衣橱里的隔板什么的。然不知何故，每家还是会长几棵，在屋前。冬天结花蕾，春天开花，每一场花开它都不懈怠，勤勤恳恳地准备着，轰轰烈烈地盛开着。吾乡人并不在意，树长在那儿，花开在那儿，由着它们自己生长吧，彼此交融，浑然不觉。

桐花落，不是一瓣一瓣飘落，而是大朵大朵，甚至是一撮一撮的，甚是惊人。风吹，地上的落花，泛起紫色的波涛。没人觉得伤感。伤感什么呢，地里的麦穗饱满起来，青蚕豆可以吃了，桑蚕也快结茧了。

资料卡

泡桐

别　　名：水桐、桐木树等。

科　　属：玄参科。泡桐属。

形状特征：落叶乔木。叶大，对生。顶生圆锥花序，由多数聚伞花序复合而成。花冠钟形或漏斗形，淡紫色或白色。蒴果卵形或椭圆形。

生长特性：喜光，较耐阴，喜温暖气候，耐寒性不强。花期4~5月。

分布区域：我国黄河流域、长江流域均有大量分布。

花　　语：永恒的守候、期待你的爱。

楝花临水荜门开

我十岁那年，我家搬了一次家，搬到一棵高大的苦楝树旁。那是一个土墩子，墩子上只长了一棵苦楝树，是无主的自然生长的那种。村干部当时大手一挥，对我爸说，既然你们家搬来了，这棵树就是你们家的了。我爸竭力忍住溢出嘴角的笑，假装谦让道，这哪成呢？村干部却不在意地再次挥一挥手，没事没事，反正是棵野树。然后背着手走了。我爷爷在旁边栽上竹子，后来蔚蔚成一片竹园，这棵树便成了我家竹园里的统帅，无比威武地矗立在那儿。有一回，我偷听到我爸和我妈的谈话，我爸说，这棵楝树至少有四十年了，没想到村里没收钱，白白送给了我们，以后留着给两个丫头打嫁妆。

我大大地欢喜起来，这是给我和我姐做嫁妆的树啊。我对它的感情，就非同一般起来。乡下这类的树也是常见，在河边呀，在沟旁呀，在人家屋后呀，都会长着一两棵的。可它们不是我的树。我在树干上刻上我的名字，心里藏着一个秘密了。

我是长大后才知道它的大名叫苦楝。吾乡人大概不喜欢那个“苦”字，尤其让一棵树背上“苦”字，怎么也过意不去，所以直接叫它楝树。它比槐树好，枝干上没有刺，我们小孩子爬树玩，都拣楝树爬。“噌、噌、噌”就上去了，骑坐在高高的树丫间，俯仰一个世界啊，真威风。我跟哪个小伙伴要好，我才会允他来爬我家的这一棵。我家的这一棵比别处长着的都要好，它真是又高大又俊美，蓬蓬勃勃的树冠，像把巨伞，撑在竹园上空。

暮春时节，一树楝花开，香喷喷的，空气中满是它的味道。那个时候，桃花落了，梨花落了，菜花落了，桐花落了，它却鼎盛起来。淡紫色的小花，像孩子们玩的小风车似的，一撮撮在树上旋转，密集得都看不见它的叶子了。衬得下面那些绿竹子，猗猗复猗猗。却没有多少观众，除了一些好热闹的鸟雀。还有我，时不时地仰了头看它。因为它是我的树。

一夜雨横风狂，打落下许多楝花，碎碎的柔粉浅紫，铺了一地，如梦似幻。我跑去捡，捡了许多许多。我奶奶说，你没得事做，捡楝花做什么呀。我也不知道我捡了做什么，只是喜欢着。楝花的花真是好看啊，秀秀气气的五瓣花，白中带紫。花蕊也是紫色的，颜色极深，像条紫色的毛毛虫，作势着要从花心里爬出来。凑近了闻，有一股子细细的香，幽幽飘出。晚唐诗人温庭筠写苦楝花，说它是“天香薰羽葆，宫紫晕流苏”，夸得倒是恰如其分呢。

秋天，苦楝树的果子掉落一地。结结实实的小圆果子，金黄色，跟弹丸似的，闻起来一股子的苦味。大概这是叫它苦楝树的缘故。我们小孩子在口袋里装满了，遇到什么打什么。有时互掷着玩，被结结实实打一下，真是疼。男孩子用它做天然的弹丸，拉起弹弓，对准树上的鸟，“啪”一下射出去，惊得树上的鸟四下飞散。

我家的那棵苦楝树，后来被我爸伐去。至于做什么用了，我是说不清的了，反正没给我做嫁妆。我结婚时，早就不用那些老式的嫁妆了。暮春时，我走过老城区，在一条河边，看到了一树楝花，倚在河畔开着。我停在那儿，百转千回地看着。“楝花临水荜门开”，我想到明代文人范汭写的诗句。现在没有荜门了，只有高楼，我隐隐的，竟有些惆怅了。迎面吹来的风，却好得很，是最宜人的楝花风。它再吹上一吹，夏天也就来了。

资料卡

苦楝花

科　　属：楝科。苦楝花属。

形状特征：树皮暗褐色，纵裂。奇数羽状复叶互生。圆锥花序，腋生或顶生。花淡紫色，5 瓣，裂片披针形。雄蕊管暗紫色。核果圆卵形或近球形，黄色。

生长特性：生于旷野或路旁，常栽培于房前屋后。花期 4~5 月，果熟期 10~11 月。

分布区域：我国大部分地区均有分布。

花　　语：苦难中的希望。

蝉吟槐蕊落

牡丹花谢了。紧接着，风中传来槐花的消息。

通榆河畔有十来棵，东陵广场旁边有八九棵，我都知道呢，心里面做着规划，预备着今天去赏通榆河畔的，明天就去赏东陵广场的，我可以持续赏上半个多月的，一直到夏天来临。如果适逢霏霏小雨就更好了，那丝丝的雨里，都将拌着槐花的甜的。然还没等我计划完呢，树上的花蕾已被悉数采光，人说那是“槐米”，特别有营养价值。我暗自难过，人为什么不给风留一些，不给鸟留一些，不给槐树也留一些呢？再走过那两个地方，我便绕着走了，我怕看到槐树上没有一朵花的样子。

我记忆里是多槐树的。

最常见的是刺槐。它一点儿也不像漂洋而来的外来客，仿佛天生就在这块土地上。印象中，它极易生长。有时，我们在沟旁的茅草堆里，也能见到小刺槐，把自己整得跟一丛灌木似的。我们像割羊草一样的，割下它的枝叶给羊吃。羊很爱吃。吾乡人在它的名字前，加了个“钉”字，钉刺槐——他们这么叫。成年的刺槐，身上的刺又粗又尖，真的如钉子。枝条上有，树干上也有，一个一个，坚硬无比。我们小孩子爬柳树，爬桑树，爬楝树，很少去爬刺槐树的。它的树皮太糙，又生着刺，我们才不傻。然总有一两个特别调皮的男孩子，偏偏要充好汉，爬上去，骑在上面居高临下。结果，肚皮上被刮去一层油皮，脚掌也被戳进几根刺，走路一拐一拐的，疼得嘴角直抽气。回家去，还要挨大人一顿打。他们也只沉默一两天，又跟没事人似的，上树下河，爬窗跳墙，无所不为。

刺槐开花是在四月末。花糯白糯白的，窝在枝叶间。我们上学放学，路过河边，河边有棵歪脖子刺槐树，花枝低垂。我们随手捋下一串来，塞在口袋里，边走边吮，丝丝的甜，滑入喉咙，实在幸福。想想那时，我们做孩子的可真不简单，哪种野花是甜的，哪种野果子是香的，哪种草有毒不能碰，我们都知道。也没个谁教我们，天生就掌握这项技能似的。

六七月里，还有一场槐花开，莹白中染着淡黄，一串串点缀在绿叶间，这是国槐。在古时，国槐一开花，科考就开始了，因此诞生了“槐花黄，举子忙”的谚语。“槐花拂拂弄轻黄，白纻云趋翰墨场”，诗人们的诗，真实记录了槐花盛开时节，学子们“踏槐”的盛况。

国槐来头不小，早在《山海经·中山经》中，它已一山一山长着了：

> 薄山之首，曰苟床之山，无草木，多怪石……东三百里，曰首山……其阳多㻬琈之玉，木多槐……
>
> 又东十里，曰历山，其木多槐，其阳多玉。

《山海经》传说是大禹所作。想来在夏朝之前，国槐已是常见树木，与人们的生活息息相关着。春天，它初生的叶子，安抚着人们饥荒的胃。初夏，它淡黄的花朵，给人们带去芬芳和甜蜜。盛夏，它浓密的树冠，为人们提供阴凉。秋天，它叶叶染金，绚烂了人们的眼睛。它的花蕾、种子、根皮皆可入药，能止血，能治疮毒。它的花，还能做染料。它又是精密的木材，人们搭房子，或制作个日常器物什么的，选它做材料……人们越是从它身上索取，越是心生感激和崇敬，把它奉为图腾也就顺理成章了。到了周代，出现了“三槐九棘”之制，“三槐”为最尊显的三公之位。国槐渐渐演变成了权力的象征，宫廷中、达官贵人的庭院里，少不了国槐的影子。唐宋以来，人们对国槐的推崇，越发沸腾起来，“青槐夹驰道，宫观何玲珑”“绿槐十二街，涣散驰轮蹄”“行宫门外陌铜驼，两畔分栽此最多”“丝槐烟柳长亭路，恨取次、分离去”，不单单皇宫大院里会种上国槐，连外面的官道两旁，也都种上了。民间百姓也喜在家门口种上一两棵，有沾沾好运祈求平步青云之意。

吾乡人是不晓得这些老典故的，然家家门前都长着一两棵国槐，完全出于本能的喜欢。它是上等木材，哪家没有几件用槐木制作的桌子、椅子、柜子？更何况，喜鹊是喜欢槐树的，有槐树的地方，必有喜鹊。家家也便养着喜鹊了，它们天天站在高高的槐树上，“喳喳喳”地报着喜哩，多喜庆。

那时，每个村子里，都有一棵很古老很古老的老国槐，又高大又茂密，没人说得清它的年纪，它已活成村庄的血液、骨肉和灵魂。我们跟外人说地理方位，往往会这样介绍，老槐树往东隔两家呀。老槐树往南再走一节田远就到啦。老槐树往西走上三百步，再拐个弯，很近的啦。顺着老槐树往北走吧。哦，往北走就是一条大河了。有渡口在那儿，河南岸有一个，河北岸相应的，也有一个。乘着渡船南来北往的人，常常在大槐树下歇脚纳凉。树上蝉声稠稠，树下人声稠稠，小孩子活蹦乱跳，碎金子似的槐蕊落了一地。那真是岁月悠悠无限静好的一段好时光。我偶尔翻阅到，都要恍惚好久，以为是在做梦。

资料卡

槐树

别　　称：国槐、刺槐（洋槐）、紫花槐、红花槐、龙爪槐等。

科　　属：豆科。槐属。

形状特征：落叶乔木。羽状复叶。圆锥花序，顶生。萼钟状。花冠乳白色、红色、紫色或黄色。荚果肉质，串珠状。

生长特性：喜光，耐寒，耐阴。较耐瘠薄，对土壤要求不严。刺槐花期 4~5 月；国槐花期 6~7 月。

分布区域：我国绝大部分地区皆有分布。

花　　语：美丽晶莹、脱尘出俗。

门前有橘花

五月到江南，适逢江南的橘花开了。“野店临西浦，门前有橘花”，我一下子想到唐朝诗人张籍的一次偶遇。这太好了！什么园林啊古镇啊暂且都不要去看的了，我只守着这些橘花好了。

橘花有十数棵之多，栽在我住处的楼下。翠绿的枝叶间，小朵的白星星点点，有的已然盛开，有的正在含苞。每每走近，都会有一阵甜香，春风拂面一般拂过来，幽幽的，迷人得很。你的五脏六腑都为之一颤，啊，真甜蜜啊。宋朝有诗人赞它“香于栀子细于梅”，这虽说有点夸张了，但它的确香得很招人。小模样也俊俏，椭圆的花瓣儿，五枚，也有少数是三枚的，坚挺着。雄蕊有很多个，紧密团结在花柱周围，如雪如玉，眉眼儿盈盈，堪比兰花和茉莉。

我很快得出经验来，晚上看比白天看要好，雨天看比晴天看要好。晚上，月色朦胧，绿叶间那点点的白橘花，也朦胧起来，有雾里看花的效果。没了白天的芜杂，它的香也变得纯粹，变得专一，只一心一意地香着，一心一意地甜着，真的是“晚径风清香更醉，小亭月满艳能侵”，是“淡月珠胎明璀璨，微风玉屑撼缤纷”。我为之迷醉，在那里来来回回走。人生有好月好花常来相伴，自歌自舞，无拘无碍，夫复何求？

有对话声由远及近，是路过的一男一女。

女的问：“咦，你闻到花香了吗？”

男的答："嗯，是有点香。什么花？"

女的说："不晓得呢，像是茉莉。茉莉开了？"

男的答："或许吧。"

他们就那样走过我身边，并没有要停下的意思。我赶紧插了一句："是橘子树开花了呢。"我指指那些橘子树："你们看，这就是。"

他们惊讶地看我一眼，又看向橘子树，大大惊异起来："哦，橘子树也开花？"两个人凑近了花，细细看，又使劲嗅一通，惊叹道："真没想到，原来是橘花的香啊，真香。"

"谢谢你啊。"他们走时，真诚地对我道谢。我很开心，因了这些橘花，他们拥有了一个美好的夜晚了。

江南的雨，总是不请自来，濡濡地飘着。橘花沾了雨水，更显玲珑别致，楚楚动人。香也变得更醇厚和浓郁了，实在宜拿铁丝一朵一朵穿了，别在衣襟上呢。当说着一口吴侬软语的阿婆，提着一篾篮浸着雨水的橘花，在深巷里叫卖着，橘花橘花！会不会有人闻香而买呢？

一朵橘花，就是一只橘子么？我打消了采下一朵把玩的念头。七岁的记忆里，留着太婆临死前的场景，她躺在幽暗的小房间里，念念着要吃橘子。我爸骑车到几十里外的老街上，找遍满大街，也没找到一只橘子。他只好买了一瓶橘子罐头回来，我太婆抿一口，叹息一声，走了。我有时会想，我太婆最后的那声叹息，是满足呢，还是遗憾呢？那个时候，物质匮乏，橘子运到江北，实属稀罕物。我的太婆，是从没见过橘花的人。要是她也能见到这么多橘花开，该多惊讶多快乐啊。

史上为橘树倾倒的第一人，当数屈原。他曾大笔一挥，泼墨写下一首《橘颂》，这也是我国第一首纯粹的咏物诗。那时，楚地江陵，以盛产橘而闻名，《汉书》中曾有记载："江陵千树橘。"当千树橘花齐齐怒放，定是十里飘香的吧？被誉为"香草美人"的屈原，哪里坐得住？他日日徜徉在橘树下，陶醉在那些香和甜蜜里：

后皇嘉树，橘徕服兮。受命不迁，生南国兮。
深固难徙，更壹志兮。绿叶素荣，纷其可喜兮。
曾枝剡棘，圆果抟兮。青黄杂糅，文章烂兮。

在他眼中，橘是矢志不渝的君子，一生都是光辉灿烂的。我尤喜其中一句“绿叶素荣，纷其可喜兮”。几千年过去了，橘花还保留着它当初的样子，素洁着，在绿叶子上意态缤纷。

资料卡

橘树

科　　属： 芸香科。柑橘属。

形状特征： 常绿小乔木或灌木。叶互生，椭圆形。花小，白色，花瓣5枚。花冠浅钟形，顶生或腋生。果实扁圆形或馒头形。

生长特性： 喜温暖湿润气候，耐寒性较柚、酸橙、甜橙稍强。春末夏初开花，花味清香。

分布区域： 原产热带亚洲。多见于我国长江以南。

花　　语： 新娘的喜悦。

如莜之美

锦葵很能开的。人叹，花无百日红。我看锦葵是个例外。

入秋时，我在我妈门前种下一些。开过春后，它“嗖、嗖、嗖”地，直往上蹿着个头，快抵上七八岁孩童的肩了，这才陡地刹住车。我妈笑骂，傻样儿。

傻样儿的锦葵，抽出一枚一枚心形叶片，平摊如中号南瓜叶，仿佛它也打算结南瓜似的。叶腋下，缀满糖果似的花苞苞。暖风来舔，舔着舔着，它就软软地化了，好颜色溢出来——花开了。一天一朵，一天两朵，一天三朵。不急不急，慢慢开吧。温文尔雅着。明丽清秀着。生动活泼着。它想怎么开就怎么开。送走春，迎来夏，又走进秋日的天空下。

我借着看花的名义，多回了好几趟老家。每次回家，锦葵都不出意外地守在家门口，迎着。我妈见我回家，自然高兴万分，对锦葵更是宽容，甚至有了感激和珍视的意思，任由它横七竖八长着不说，还在四周给围上了竹篱笆。“不围起来，我怕羊会来吃。”我妈很认真地说。她种了一辈子地，对土地吝啬得有些过分，只要能长庄稼的地方，她都给种上庄稼，却把门前一大块丰腴之地，拨给锦葵和别的一些花草了。

许是跟周围的环境渐渐混熟了，锦葵完全放松随意起来，植株有的站着，有的躺着，有的横着，有的斜着，怎么舒服怎么来。花朵顺着植株的姿态，或横生，或斜生，或举着，或托着，或伏着，在阔绰的绿叶间，更显自由天真。花瓣以粉红打底，上面印着深深的紫色斑纹。或是以素白打底，上面还是印着深深的紫色斑纹。五枚一朵，活像彩笔画出的五条小金鱼，围成一圈，摇头摆尾着，吐着细碎的小泡泡——那四散开去的花粉，真的好似一些小水泡。我看着它，不晓得拿什么词语来形容才好，也不知道要跟它说些什么话才好，最后只是说声，你呀。它守在那儿，和我妈一起，和我的老家一起，很叫我心安。

从前，它也是这么长着的，在黄河流域，在一个叫宛丘的地方。它稳稳扎根于大地之上，陪伴和抚慰着人们的日常：

> 东门之枌，宛丘之栩。子仲之子，婆娑其下。
>
> 穀旦于差，南方之原。不绩其麻，市也婆娑。
>
> 穀旦于逝，越以鬷迈。视尔如荍，贻我握椒。

是的，那个时候，它名唤荍。一朵锦葵，背后缓缓而来的，是几千年的记忆。几千年前的那个盛夏，一个晴朗的好日子，大家欢聚一堂。蓊蓊郁郁的榆树、栎树下，是载歌载舞欢乐的人群。四野里，锦葵花儿站成绣帷。一个姑娘的舞姿最是婆娑，击中了一个男青年的心。男青年目不转睛盯着她，由衷赞美道，好姑娘，你真的如锦葵花一样美好啊。姑娘但笑不语，临了，却悄悄赠他一把表达绵绵情思的花椒。

这样的爱情，真是动人得不得了，如同锦葵花儿开，自然天成。

那之后，"荍"还被称作芘芣、荆葵、钱葵等等。锦葵之名的出现，该是到了宋朝以后。南宋学者罗愿在他所著的《尔雅翼》中，首次提及锦葵："荍，荆葵也，一名锦葵。"同时代有贵胄张镃在他的一首诗里，也提及锦葵："小草浮冰楮，初篁映锦葵。"那是初夏的一次邂逅，张镃挺开心的，遇到故人，又结识了新知，遂挥手写下了一首诗，细细描绘了当时的环境和心境。有小草，有小构树，有新竹，还有盛开的锦葵花，绿里面浮着点点红与紫，像浮着一些彩色的小锦鲤。环境清幽宁静，又不乏明艳，真正叫他难以忘怀。

李时珍在《本草纲目》里，把锦葵归属到蜀葵里：

> 蜀葵处处人家植之……一种小者名锦葵，即荆葵也……其花大如五铢钱，粉红色，有紫缕纹。

我恍然大悟，怨不得自《诗经》之后，一些诗文里少有锦葵的影子，原来把它跟蜀葵混淆到一起了。事实上，锦葵才是锦葵科的"科长"，蜀葵、木槿、朱槿、木芙蓉等植物，都是它的科员。

在多情的仓央嘉措眼里，锦葵好比他心爱的情人仁增旺姆：

> 锦葵原自恋金蜂，谁供花颜奉神灵？
> 欲舞轻翼入殿里，偷向坛前伴卿卿。

锦葵花默默开过一世又一世，却不知这人世间，早已物是人非。

欧洲人浪漫，用锦葵花制作出一款"黎明之茶"。他们在锦葵花泡的茶水里，加入柠檬汁，使茶水慢慢由蓝紫变成粉红色，幻变如朝霞。我也想试一试，哪怕不喝，只看着，也很美好啊。美好，是拿来爱这个世界的最好方式。

资料卡

锦葵

别　　名：荍、荆葵、钱葵、紫花葵等。

科　　属：锦葵科。锦葵属。

形状特征：二年生或多年生直立草本植物，高 50~90 厘米，分枝多。叶圆心形或肾形。花紫红色或白色，3~11 朵簇生。花瓣 5 枚，匙形。花柱分枝 9~11 个。果扁圆形，种子黑褐色。

生长特性：适应性强，在各种土壤上均能生长。耐寒，耐干旱。花期 5~10 月。

分布区域：在我国各地均有栽培。

花　　语：温厚、热恋、柔和的心。

照眼明

用“榴”造词，一是石榴，一是榴梿。两种果实都关乎树木，都长得很奇特。

且不说榴梿，说说石榴吧。张骞出使西域，最大的贡献是打通了东西方的往来，带回了诸如石榴、苜蓿、葡萄、核桃、芝麻、蚕豆、黄瓜、大蒜、大葱、胡萝卜、香菜、绿豆等瓜果菜蔬。我脑补着那样的场景：被匈奴人拘禁 11 年之久的张骞，终找机会逃了出来，他满身风尘闯进一个叫安石国的异邦，一树奇异的果实突然出现在眼前，他怔住了。那些好似娃娃头悬着的果实，憨憨的，笑哈哈的，一瞬间让他逃奔的心安宁下来。等他剖开那果实，更是惊讶得很了，里面竟躺着数粒柔粉晶莹，跟玛瑙似的。他拈一粒入舌，酸酸甜甜的滋味，在嘴里慢慢洇开。我想，那一刻，张骞就决定了，一定要带这美妙的果实回家。他当然做到了。汉武帝的上林苑里，也就有了安石榴的一席之地。

是的，石榴起初是唤作安石榴的。西晋张华编纂的《博物志》中云：“汉张骞出使西域，得涂林安石国榴种以归，故名安石榴。”同时代有美男子潘岳，一见安石榴，为之倾倒，挥毫作下《安石榴赋》：

实有嘉木，名安石榴。彩条外畅，萦干内樛。丹耀缀于朱房，缃的点于红须。煌煌炜炜，熠耀委累。似琉璃之栖邓林，若珊瑚之映流水。光明磷烂，含丹耀紫。味滋芳神，伤冷琼蕊。

又：

若榴者，天下之奇树，九州之明妍也。是以属文之士，或婿狩蘘赋之。遥而望之，焕若随珠耀重渊；详而察之，灼若列宿出云间。千房同模，千子如一。御饥疗渴，解酲止醉。

他是真爱石榴啊，从石榴的枝叶，写到石榴的花苞、花朵、花蕊，写到石榴的果实、味道，无一样不出彩动人。它是嘉木，是奇树，花果如琉璃，如珊瑚，如夜明珠，如二十八星宿出云端。偏又生着一副好性子，平易近人和蔼可亲得很，能“御饥疗渴，解酲止醉”。后来的文人再怎么赞美石榴，也无法超过潘岳去。

石榴在端午前后开花。彼时，众芳摇落，石榴花的红，凸显出来，真正是万绿丛中一点红了。你路过，由不得不多看几眼。它的红，真的经得起细细品的，红得很纯正，很干净，晔晔荧荧，艳而不俗。人说它“照眼明”，的确是。你盯着一朵石榴花看久了，眼睛里便慢慢有一团小火在燃，心里萌生出无尽的欢喜，周遭的世界仿佛一下子华美了许多。

石榴花的质地也柔软，如绢似绸。从前多的是单瓣，瓣上多皱褶。现在观赏类的多了，成棵，成丛，灌木似的长着。花多复瓣，色彩也有了白的、粉的，甚至黄色的。唯一不改的是花瓣的风格，依然多皱褶。宋人王禹偁曾因此向它发问：“谁家巧妇残针线，一撮生红熨不开。”想来石榴花是不屑回答他的，它在心里嗤笑着哩，你熨我干吗，人家就这风格好不？

红红的石榴花，很容易让人联想到女人们的裙。自汉之后，女人们还真的穿起石榴裙。此裙取石榴之色，穿在身上如盛开的石榴花。“媚眼随羞合，丹唇逐笑分。风卷蒲桃带，日照石榴裙”，南梁何思澄在南苑遇见一个美人，就是穿着这样一条鲜艳的石榴裙的。到唐代，时装界兴起一股石榴裙的风，看唐代画家们的仕女图，上面人人都着一件石榴裙，云霞一般明丽着，“眉黛夺将萱草色，红裙妒杀石榴花”。

石榴花开的时候，采一两枝回来插，把它搁在床头。清晨醒来，看见花朵和阳光都在，一天便都是欢喜的。南宋词人陆游，在四月细雨霏霏的江南，初见石榴花，被惊着了，啊，怎么有花开成这样啊？太鲜艳了！他像个孩子似的，好奇心被勾起，围着花打转，最后忍不住折下一枝，细细端详：“老子真成兴不浅，榴花折得一枝看。”那日的那人、那花，隔着八百多年的时光，依然十分明艳动人。

我记忆里也有一棵石榴树，一直在开着花。它是属于一个老妇人的。石榴树长在她家两间草屋旁，我上学去，必得从她家屋门前经过，拐过那棵石榴树，就望见我们学校的操场了。我念了三年的初中，从那棵石榴树旁走了三年。它长叶子，我知道。它开花，我知道。它结果实，我知道。它掉叶子，我也知道。老妇人的身世，也渐渐被我知道了。她原是个童养媳，所嫁男人是个痴呆的，她无争无怨，守护了男人一辈子，直到男人因病走了。她把男人的棺材摆在堂屋里，出出进进，都会跟棺材打声招呼，如是一年又一年。我记得她养了一群鸡，她赤着一双大脚，站在屋门前大着嗓门唤鸡。与人交谈，笑声也是嘎嘎响的，响亮得叫我惊异。那时，石榴花在她的屋角开得分明，颜色鲜艳得欲滴落下来。我走过，总忍不住掸掸衣襟，似乎那红，滴到我的衣襟上了。

资料卡

石榴

别　　名：安石榴、丹若、天浆等。

科　　属：石榴科。石榴属。

形状特征：落叶乔木或灌木。花顶生或近顶生，单生，或几朵簇生，或组成聚伞花序。近钟形，裂片5~9枚，花瓣5~9枚，多皱褶，覆瓦状排列。浆果球形，果皮厚，种子多数，外种皮肉质半透明，多汁。

生长特性：喜温暖向阳。耐旱，耐寒，也耐瘠薄。花期5~6月。果期9~10月。

分布区域：我国南北都有栽培。

花　　语：成熟的美丽、富贵、子孙满堂。

过雨荷花满院香

许多人不喜欢长江一带的梅雨天，一旦下起来，便连绵个没完没了，一切都潮乎乎的。我却偷偷喜欢。喜欢的理由说起来可笑得很，梅雨来时，荷花也就开了。宋人赵师秀有应景诗句："黄梅时节家家雨，青草池塘处处蛙。"我很想把它篡改成，黄梅时节家家雨，青草池塘朵朵花。

说不清是梅雨先来报到的，还是荷花先来报到的。或者，两者是结伴而来。霏霏的梅雨中，一朵两朵的荷，悄然开了。这个时候，如果你刚好经过某个池塘边，你一眼瞭见青波碧叶之上，一朵两朵的红润娉婷，心头就那么颤动了一下，惊喜啊，实在太惊喜了！你仿佛揭破天机般的，偷取到一个秘密，一个关于荷花盛放的秘密。那徐徐舒展的花瓣，如胭脂上了少女的脸，那么明艳，那么鲜妍。又自带小莲房，把数颗缜密的心事，藏在里头，周围用金丝细细缠绕。这样的花朵，袅娜于一池青碧之上，浑身上下，荡漾着可爱和温柔，在雨天里，闪闪发光。

再找不到比荷更具奉献精神的物种了。它把生命把玩到极致，每一步脚印都算数。古书上记载："荷，芙蕖，别名芙蓉，江东呼荷。其茎茄，其叶蕸，其本蔤，其华菡萏，其根藕，其中菂，菂中薏。"它的根、叶、茎、花、果等都各具名字，各有千秋。

人类食用莲藕与莲子的历史相当久远。早在西周时期，人们已懂"薮泽已竭，既莲掘藕"了，荷成为日常种植的农作物之一，低洼处皆能见到它。北魏的贾思勰在《齐民要术》里，还专门介绍了“种藕法”：

春初掘藕根节，头着鱼池泥中种之，当年即有莲花。

除了食用价值颇高外，荷的观赏价值也极高。“览百卉之英茂，无斯华之独灵。”曹植曾发出这样的慨叹。细想想，百卉之中，也确实没个谁的风华能超过荷去。“田田初出水，菡萏念娇蕊。”是它天真年少时，很美；“接天莲叶无穷碧，映日荷花别样红。”是它风华正茂时，很美；“秋阴不散霜飞晚，留得枯荷听雨声。”是它花凋叶残时，也很美。它就没有不美的时候。即便成残荷了，骨子里的那份孤傲、萧索和孑然，也屹立不倒。那时候，水映荷，荷映水，每一茎枯荷遗世独立，大有古代圣贤的风骨。让人联想到屈原，想到他的理想化的装扮：“制芰荷以为衣兮，集芙蓉以为裳。”他投江而去，该是做荷去了。

一些久远的光景，和眼前的光景倏然重叠，你仿佛听到谁在低吟浅唱：

山有扶苏，隰有荷华。不见子都，乃见狂且。

年轻的姑娘出了门，乍见到洼地里开得好好的荷花，心头一喜，随即却泛溢出满满的委屈。这么美的荷花啊，这么美！偏偏你不在。她真是好伤感，荷花惹动了她的情思和愁绪。彼时，能和心上人一起共把荷花赏，该是她最大的心愿。

宋人李重元不用如此伤感了，他已然走进婚姻中，过起老夫老妻的日子。小小院落，旁有小池塘，塘里有蒲有荷。晌午下过一场雨，雨停后，一塘的荷香，顺风潜入，灌满小院。刚摘下的李子和瓜，搁在井水里，散发出清凉的气息。他和妻在一院的荷香里用过午饭，开始铺纸研墨。妻坐在一旁的竹床上做针线陪他，不时眯起眼睛打瞌睡：

风蒲猎猎小池塘，过雨荷花满院香，沈李浮瓜冰雪凉。竹方床，针线慵拈午梦长。

这里的荷，有着满满的岁月静好。是我们从前都曾拥有过的慢时光啊。

资料卡

荷花

别　　名：莲花、芙蕖、藕花、水芙蓉等。

科　　属：睡莲科。莲属。

形状特征：多年生水生草本花卉。地下茎长而肥厚，有长节。叶盾圆形。花单生于花梗顶端，花瓣多枚，嵌生在花托穴内，有红、粉红、白、紫等色，或有彩纹、镶边。坚果椭圆形。种子卵形。

生长特性：喜相对稳定的平静浅水、湖沼、泽地和池塘。花期6~9月。

分布区域：分布在中国、日本、印度等亚热带和温带地区。

花　　语：清白、纯洁、信仰、忠贞。

鸡冠环户

小城的人行道旁，多出些鸡冠花，是近些日子才有的事。这些鸡冠花一律植株矮小，通体一色，或红或黄，或橙或紫，像些色彩艳丽的鸡毛掸子，杵在秋日的大地上。我停下看，觉得诧异，鸡冠花什么时候长成这个样子了？（后得知，这是扫帚鸡冠。）

我怀念起从前的鸡冠花来。从前的鸡冠花植株粗壮，花朵肥厚气派，色彩浓郁。是唐代诗人形容的“谢家新染紫罗裳”；是宋代诗人形容的“旧罗包却绿云鬟”；是元代诗人形容的“霜华晓拂绛云冠”；是明末清初的李渔形容的“就上观之，俨然庆云一朵”。

李渔很不认同鸡冠花的叫法，在他看来，鸡冠花虽然跟鸡冠很相像，但它更像天上的云朵，是不染俗尘的，人拿俗物“鸡冠”来给鸡冠花命名，简直是辱没了鸡冠花：“能肖天上之物者，独有鸡冠花一种，氤氲其象，而叆叇其文。”故他建议，鸡冠花就该叫“一朵云”，红的叫“红云”，紫的叫“紫云”，黄的叫“黄云”，白的叫“白云”，五色的就叫“五色云”好了。他赋过一首《收鸡冠花子》的绝句：

指甲搔花碎紫雯，虽非异卉也芳芬。
时防撒却还珍惜，一粒明年一朵云。

他郑重其事地收集着鸡冠花的种子，一粒一粒极为珍惜着，小心着，生怕撒掉一粒，那一粒就是“一朵云”哎，多心疼！这个柔软的男人，真叫人喜欢得不得了，翻阅他的世界，就是重拾美的存在。不晓得那日他收下多少粒鸡冠花的种子，后来又种出多少朵云来，想来很有一些的吧。我脑补了一下他被无数朵“云”环绕的情景，那绝对不亚于一个君王，坐拥佳丽三千。

从青苜家族里走出来的鸡冠花，的确很皮实，好长，吾乡好多人家的屋门口都长着。夏日烈烈下，它的花朵如火舌般喷吐着，彤红彤红的。又恰似一只好斗的公鸡，怀着昂扬的斗志，与谁掰着道理，非要争出个输赢来不可。然世间有些道理哪里掰得清？它便一直面红耳赤着。

我姐不喜欢它。她认定这花是魔鬼变的，她不允许我们家长。我们家便一直没长过鸡冠花。

我却偷偷喜欢着，不晓得为什么，就是喜欢，哪怕它是魔鬼变的我也很喜欢。邻居家长着，一丛，一丛，再一丛，团团环绕着几间草房。紫红和大红。花繁之际，那大块大块的紫红和大红，如懒女人早起时一脚踢翻的绒缎被子，成波浪卷儿，翻滚在床上。我伸手摸过它，质感肉肉的，略微有点刺手。我很想采了它做个发圈戴头上。

算命先生陈瞎子家门口的鸡冠花，望上去更丰腴，像窝着一堆儿的红云了。至今我还是不大想得明白，为什么他家的鸡冠花会那么肥硕呢？秋日艳阳下，那些夸张的红颜色，真的是鲜艳欲滴。我们几个小孩，屏声静气走过他家门口，只远远瞧着，不敢走近，觉得他家里是住着神明的。吾乡人遇到麻烦事了，爱找陈瞎子掐命。有说他算命很准的，有说他不准的。准与不准，对吾乡人来说其实并不重要，重要的是，求个心理安慰。事后，日子该怎么过还是怎么过着，再痛的那一页，也已翻过去了。

陈瞎子卒于一场火灾，说是不小心打翻了油灯燃着了蚊帐。那场火灾发生在夏末秋初，村人们都奔了去救火。我记忆犹新的是，他家屋门口，那些红艳艳的鸡冠花全被踩坏了，上面覆着厚厚的灰烬。第二年，那废墟上的草丛里，冒出成丛的鸡冠花，像窝着一堆儿的红云。有村人说，陈瞎子舍不得这些花呢。

是从哪一天起，那些肉乎乎的鸡冠花不见了呢？没人说得清了。村子里的鸡冠花，好像集体消失了似的，少有鸡冠环户的景象了。从前的孩子，早已长大，各奔天涯。那些曾经相熟的人和事，也都成了久远了。

资料卡

鸡冠花

别　　名：鸡髻花、笔鸡冠、老来红、红鸡冠。

科　　属：苋科。青葙属。

形状特征：一年生直立草本植物，植株粗壮。单叶互生，具柄。叶片有卵形、卵状披针形或披针形。穗状花序，扁平肉质鸡冠状、卷冠状或羽毛状。花被片红色、紫色、黄色、橙色或红色黄色相间。种子肾形，黑色。

生长特性：喜阳光，不耐涝。对土壤的要求不严。花果期是7~9月。

分布区域：世界各地广为栽培。

花　　语：真爱永恒。

翠袖红裳细锦袍

进入大伏天，别的花且开且隐，木槿却走到前台来，很是大张旗鼓地开起花来。一朵一朵藕紫或紫红，斜簪于碧枝之间，水润灵动，似乎想给这炎炎夏日，送上一捧清凉。

我从小见多了这种花。那时，多的是紫红色的，大朵，五瓣，柔润似绢。吾乡人唤它，槿花。好些人家门口都长着它，拿它做了天然篱笆。它小枝密集，我家养的鸡特别喜欢跳上去，在里面乘凉玩耍，啄食花朵。母鸡还在里面下过蛋，被我们孩子捡到过。

那时也不知它的花朵可以滚了面粉炸食，还可以清炒或做汤，故它活得很自由自在，高兴开几朵就开几朵，高兴开成什么样就开成什么样。印象中，吾乡人极少食花，除了在春末偶尔吃点槐花外，连桂花也不肯摘下吃的。我想，吾乡人应是知它可食而不食的。在吾乡人看来，花么，是留着看的，而不是吃的。每日清晨起来，看到一丛一丛的木槿花好好地开在门前，是件多么叫人愉悦的事情。

那时，也不知它是朝开暮落，不知它被无数的文人墨客伤春悲秋过。他们称它朝颜。“朝荣殊可惜，暮落实堪嗟”，白居易曾对着它如此感叹。然我们看见它，却只有欢喜。因为，它的枝头，似乎从未曾少过一朵花，能陪我们一直开到深秋。它自己也是没有感伤的吧，一朵熄了，另一朵悄悄续燃上，生命的火焰生生不息。南宋文人虞俦帮它说出了生命的真相：

> 翠袖红裳细锦袍，纷纷儿女斗妖娆。
> 千枝万朵遮人眼，谁觉荣枯在一朝。

红裳锦袍的妖娆，转瞬即逝又如何？它早已备下千枝万朵，前赴后继，生命的河流不会断流。所以，人爱它，又送它“无穷花”之别称。生命无穷，希望无穷。

几千年前，郑国的郊外，也长着许多的木槿吧。一个寻常的夏日，一辆马车穿行于村庄之间，铿铿锵锵一路向前。广袤的田野，青纱帐连着青纱帐。人家的屋前，木槿花盛开如锦。瓦蓝的天空上，飘浮着淡青色的云朵。坐在马车上的青年，全然没有心思欣赏眼前美景，他的整颗心，都扑在同车的姑娘身上。这个姑娘太动人了：

> 有女同车，颜如舜华。将翱将翔，佩玉琼琚。彼美孟姜，洵美且都。
> 有女同行，颜如舜英。将翱将翔，佩玉将将。彼美孟姜，德音不忘。

青年暗地里百转千回，这趟出门真是值了，能邂逅到这么美好的姑娘啊。姑娘的打扮多么得体，举止又是多么大方。更要命的是，她长得多么好看啊，多像一朵盛开的木槿花啊。青年明白，他与姑娘地位悬殊，这偶然的相遇，只是瞬间的美梦罢了。然他会用一辈子记住这个姑娘，她木槿花一样的灿烂，曾照亮过他的生命。

有些盛开，只一瞬，便成永恒。

资料卡

木槿

别　　名： 舜、无穷花、槿花。

科　　属： 锦葵科。木槿属。

形状特征： 落叶灌木。叶子菱形至三角状卵形。叶柄长，被星状柔毛。花单生于枝端叶腋间，花梗被星状短绒毛。花冠钟形，色彩有紫红、粉红、淡紫、粉白等，有单瓣、复瓣、重瓣几种。蒴果卵圆形。种子肾形。

生长特性： 较耐干燥和贫瘠，对土壤要求不严格。花期 7~10 月。

分布区域： 主要分布热带、亚热带地区。我国各地都有分布。

花　　语： 永恒的美丽。

等着一场桂花开

这几天，走路一不小心，就会被一个小家伙偷袭。

它偷袭你，不分场合，不分心情，不分雨天还是晴天，不分白天还是夜晚。反正只要它高兴了，它就会偷袭你。

而被偷袭的你，绝不会埋怨，绝不会厌倦，倒是要一脸讨好，欢喜心雀跃，深深吸一口气，再吸一口气，呀呀，小东西，是你呀。

当然是我呀，它“噗”地喷你一身香，无声地回答你。

它有时，是躲在一片灌木丛中。有时，是藏在一户庭院里。有时，就站在道旁，大大方方地站着，笑嘻嘻等你，不藏不躲了。

花朵貌不惊人，还是那么小，四瓣儿，米粒儿般的。跟从前一样小。跟远古时期一样小。

远古远到什么时候呢？那会儿，它住在深山老林里，和荆棘、葛、荨麻、野葡萄是邻居。

是谁率先发现它的小身体里藏着的那一粒粒香的？我甚至能想象得到那一声惊叹的“啊”，是如何惊动了一座林子的。

啊，真香哪！

风比虫子发现得要早。虫子又比人发现得要早。它们都是闻香而至的吧？人自然也是闻香而至，它太香了，一香动一山。人发现后，高兴坏了，世上竟有这么奇香的花？咦，怕不是从天宫中掉下来的吧？于是乎，各种各样的传说，纷纷攘攘。流传最广的，莫过于嫦娥奔月了。偷吃了后羿灵丹的嫦娥，飞奔到月宫中。月宫中有什么呢？只有一棵疯长的桂花树，和一只玉兔。犯了错被惩罚的仙人吴刚，天天在那里砍那棵疯长的桂花树。他每少砍一斧子，桂花就多长高一尺，长着长着，会把月宫撑破的。他只好不停地砍啊砍啊。那些被砍掉的桂枝，掉落到人间来，便长出无数棵的桂花树。

屈原在《九歌》的一章中，写到一个美丽多情的山鬼，约会心上人。随着这个山鬼出场的，就有桂，“乘赤豹兮从文狸，辛夷车兮结桂旗”。这里的桂，撑起一面旗帜，插在山鬼乘坐的辛夷木的车上。那场景真是迷人得很，长发飘飘的山鬼，浑身披挂着香草香花，乘坐着赤豹拉的车，扛着缀满桂花的大旗，呼啸下山。袭过来的风，该有多香。《山海经·南山经》中也曾提到，南山之首是鹊山，鹊山之首是招摇山，招摇山上多桂多金玉。这才有了《吕氏春秋》中对它的盛誉：“物之美者，招摇之桂。”

最初的桂花，当以八月桂为主吧。它以秋天为主战场，做了秋天最好的底色：“欲知岁晚在何许，唯说山中有桂枝”；“大都一点宫黄。人间直恁芳芬。怕是九天风露，染教世界都香”。一个世界都浸泡在桂花的香里面，岁晚何惧？九天风露又有何惧？

几千年的人间岁月过下来，桂花的家族已庞大得不得了，若以花色来分，就有金桂、银桂、丹桂等；若以叶型来分，就有柳叶桂、金扇桂、滴水黄、葵花叶、柴柄黄等；若以花期来分，又有八月桂、四季桂等。不同种类的桂花下面，又细分出无数的品种，我们也是傻傻地分不清。不过不要紧，不管是什么桂，它们的香气几无差别，都香得很桂花。你笼统地喊它们一声桂花，准没错。

大多数桂花，是守着时令节气的，只等秋天才肯开。然四季桂却不，一年到头都在瞎忙乎，完全模糊了时序。这固然好，人们随时都能闻到桂花香，却少了期待和乍见的惊喜了。人生是需要一些留白的，有期待，才有珍惜。我还是愿意，什么时节做什么时节的事，到秋天，我们就安安静静等着一场桂花开。那个时候，风也是桂花风，雨也是桂花雨，梦也是桂花梦，多好。

资料卡

桂花

别　　名：木樨、岩桂、九里香、金粟等。

科　　属：木樨科。木樨属。

形状特征：常绿乔木或灌木。聚伞花序，簇生于叶腋，每腋内有花数朵。花冠黄白色、淡黄色、黄色或橘红色，4裂。花极芳香。果歪斜，椭圆形。

生长特性：喜温暖。抗逆性强，既耐高温，也较耐寒。花期9~11月，果期翌年3月。

分布区域：全国大部分地区都有分布。

花　　语：收获、吉祥、佳人有约。

第二辑

露台上的香丝草

自由，对一切的生命来说，是最高的奖赏。

仙姑献寿

当我整个人匍匐在草地上，拿手机拍一群宝盖草的时候，有些心猿意马地想着，人类有时真是无聊无趣得很哪，什么事儿都喜欢搞出个名次来，谁第一，谁第二，谁第三。谁冠军，谁亚军，谁季军。有时还为此争得头破血流的。有意思吗？实在没意思。哪有这些花来得自我诚实，它们爱怎么开，就怎么开。爱开成什么样儿，就开成什么样儿。可笑的是人类也给它们排了名，分出上中下的等级来，又搞出一个十大名花排行榜，位列第一的是兰花，第二的是梅花，第三的是牡丹……哎，他们问过花的意见没有？对于花们来说，每一个都是无可替代的，它们是不好拿来比较的，没有谁比谁更尊贵，或是更卑微。拿我眼前的宝盖草来说，它的花真的美得奇异哩，是绝不比兰花、梅花、牡丹逊色的。

路边有人看我久久趴在那里，实在没按捺住他的好奇心，走过来看，问我："你在做什么？"

我说："在拍花啊。"

他大大吃惊："花？哪里有花？"

哎，人的眼睛啊，这么漂亮的花哎，他却看不见，我在心里面暗暗叹息一声。只好直起身子，指着宝盖草给他看："呶，这不是花么。"

那人大概是第一次看见宝盖草，他瞪大了眼，看着，"哦"一声，自言自语道："真想不到，这野草的花，还真是漂亮。"我索性好人做到底，告诉他，这花有名字哩，它叫宝盖草，宝贝的"宝"，红盖头的"盖"。

事后我想起这段小插曲，很为自己的小聪慧得意了一下，它是盖着红盖头的宝贝呀，想来那个人这辈子也不会忘记宝盖草了。

宝盖草是没有红盖头的，却有绿盖头。它的叶子以茎为轴心，绕茎一周长着，恰似绿盖头。又好比观音打坐的莲花座。一茎上，总有三四个这样的"绿盖头"或是"莲花座"，那些小花朵是以这个为舞台，在上面轻歌曼舞的。

宝盖草的花是玫红色的，特别艳丽。花朵的样子很可爱，像极一个小姑娘踮着脚尖，提着一兜的东西，想要送给谁。我想起小时家里土墙上贴的一张《仙姑献寿》的年画来：几个小仙姑发丝飞扬，霓裳飘拂，她们手提果篮，给王母娘娘献寿。那低眉浅笑的样子，真是迷死人了。我睡觉的床头，正对着这张画。我晚上睡觉时，看几眼小仙姑再入睡。早上一醒来，首先是要看一眼小仙姑们的。哦，她们好好在着呢。我这才慢慢起身穿衣裳，一天都愉快极了。

城外人家的农田边，也有不少的宝盖草，我每次走到那儿，都要去问候一下它们。从三月，到四月，再到五月，甚至到六七月，它们都在源源不断地开着花。花朵们一律穿一身玫红的衣裙，提着一兜的东西，匆匆忙忙要赶往哪里去。我戏称它们小仙姑。它们一定是要去赴谁的寿宴了。

资料卡

宝盖草

别　　名：珍珠莲、接骨草、莲台夏枯草、佛座草、灯笼草、神仙对座草、风盏、蜡烛扦草等。

科　　属：唇形科。野芝麻属。

形状特征：一年生或二年生植物。茎直立，基部多分枝。叶对生。轮伞花序，腋生，无花梗，6~10 朵花。花盘杯状，具圆齿。花冠紫红或粉红色。花萼管状钟形。小坚果倒卵圆形。

生长特性：不择地之肥沃，随处生长。花期 3~5 月，果期 7~8 月。

分布区域：我国大部分地区都有分布。

花　　语：害羞。

像一朵蒲公英一样

你有没有细细打量过一朵蒲公英？你有没有因它的陡然出现而惊喜一下，发出一声欢呼，呀，蒲公英呀！

我有。常常。

与它总能不期而遇。它简直像个小魔女，神出鬼没着。在校园的草坪上，我遇到它。在河畔的柳树下，我遇到它。在路边的绿化带里，我遇到它。在一个老旧小区的围墙外，我遇到它。在异乡的一座山上，我遇到它。上山的台阶陡且窄，它从台阶的石头缝里钻出来，撑起三枝小黄花，像擎着三顶华盖。它要让生命充满仪式感，活得庄严而华贵。小时听过的一首歌，便又一字不差地在我脑海中回旋，让我不自觉地哼唱出来：

> 我是一颗蒲公英的种子
> 谁也不知道我的快乐和悲伤
> 爸爸妈妈给我一把小伞
> 让我在广阔的天地间飘荡，飘荡
> 小伞儿带着我飞翔，飞翔，飞翔。

歌太美了，每次唱起它，我的一颗心都变得温柔快乐起来，好像回到从前那广阔的天地间去了。那时，虽也有艰难困苦无数，却不妨碍做做飞翔的梦的。

蒲公英，这种乡野常见的小草，吾乡人亲切地叫它婆婆丁。许是因它叶上有小刺如丁的缘故吧。至于它怎么会跟婆婆扯上关系的，吾乡人可说不清。在吾乡，婆婆都是温厚朴实的一些老人，她们操劳一生的手掌，慈祥地抚过儿孙的脸颊，有着粗糙的温暖。在吾乡人眼里，蒲公英也是有着这种温厚朴实的性子的吧。

蒲公英第一次正式亮相，是在我国的药典《唐本草》中：

> 蒲公草，叶似苦苣，花黄，断有白汁，人皆啖之。

《唐本草》是唐高宗时期着人编纂修订的。唐朝及唐之前的人们，食用蒲公英已是普遍现象。那断然不是今人所追求的野味的食法，它应该是被当作主食的。唐朝虽有其鼎盛，国泰民安过一段日子，但贫穷和饥荒还是社会的底色吧，百姓食草，也是没奈何的事情。今人食草，却多了很多趣味。春风吹暖，到野地里去寻找、采挖蒲公英，是一大乐趣。回来，鸡鸭鱼肉旁边，搁上洗净的嫩嫩的蒲公英，看着就很清新。拿张面皮卷起来，蘸酱吃，略略的苦涩里，带着甘美。也有人拿它烧汤炒茶，做成各种美味的。然这口福也不是人人能享用的，喜欢的人就喜欢得不得了，一到春天，满世界挖了它回来吃。不喜欢的人避之不及，哎呀，这苦苦的野草也能吃么？

蒲公英的确有些苦。褐色的长长的根挖断了，会流出苦汁。带齿边的叶子掐断了，会流出苦汁。紫红色的花葶掐断了，也会流出苦汁。这么一个泡在“苦水”里长大的娃，却能开出明艳温暖的花来。无数枚鲜黄色的舌状花，层层叠叠，组成一朵头状花序，像极了小姑娘穿上鲜艳的蛋糕裙，急着要在人前舞上一段才好。世界以痛吻我，我要报之以歌——看着蒲公英那明亮的花朵，我总要发出由衷赞叹。生活赐予我们的不都是顺心快乐，但我们可以像一朵蒲公英一样，做好自己，让自己美好起来。

蒲公英还特别擅长飞行。当它盛开的花朵闭合起来，再重新打开时，就像变魔术似的，会变出一个个白色的绒球球。这些绒球球上，都撑着无数把“小伞”。风轻轻一吹，这些“小伞”便翻卷起来，载着少年时的梦想，四下里飞去。

蒲公英颇得医者青睐，全草可入药。它这方面的才能，世人知道的却不多。清人陈士铎就曾为之遗憾，在他所著的《本草新编》中如是说：

> 蒲公英，至贱而有大功，惜世人不知用之……

我倒为蒲公英高兴，幸好世人“不知用之”，让它才获大自由啊，可以继续在广阔的天地间，无所顾忌地来来去去。我有时在路旁，遇到它顶着白净净的绒球球，在等风来，我都觉得自己好幸运。我会鼓起嘴巴，送它一阵轻风，助它去远方。

资料卡

蒲公英

别　　名： 蒲公草、婆婆丁、黄花地丁、姑姑英、华花郎、鹁鸪英等。

科　　属： 菊科。蒲公英属。

形状特征： 多年生草本。叶基生，羽状浅裂或深裂。头状花序，单生，基生，看起来像一朵花。舌状花黄色，花瓣多枚，由多朵小花聚集而成。瘦果倒卵状披针形。顶端具簇生的冠毛，白色，伞状。

生长特性： 繁殖能力强，对环境要求不高。花果期 3~11 月。

分布区域： 广布于南北温带以及亚热带。

花　　语： 无法停留的爱。

侧坐莓苔草映身

三月天，如果你走过一片草地，如果你不忙着赶路，那么请你低下头来，朝向你脚边的土地看上一看，你会发现，那里出现了很多小客人。其中，保不定就有弯曲碎米荠。

我遇见它的时候，是相当意外的。我没想到它招呼也不打的，竟跑到我的花池里来了。花池是筑在楼顶的露台上的。我买了幢房做我的书房，楼上有个很大的露台，我就在那里修筑了几个大花池，里面栽了些花花草草。这天我上楼去看，一眼照见了弯曲碎米荠。因为，它开花了！

它什么时候悄悄而至，便潜伏下来，我是没办法知道的了。它傍着一棵牡丹、六棵郁金香生长，一点儿也没有不安和自卑，很大方地率先开起花来。它属十字花科，自然承传着家族的遗传基因，开出十字形的花来。四瓣一朵，均匀摊开。四五朵聚在一起玩耍，或六七朵抱成一团取暖。在翠绿粉嫩的叶子中间，隐隐浮现，如同撒落无数颗碎碎的小米粒。倘若有鸟儿路过，会不会误把这些小花当成香香的米粒，停下来兴奋地啄食呢？我有点替它担心。

弯曲碎米荠大多伏地而长，成丛，茎长而纤细，多弯曲，多分枝。许是因这个缘故，才唤它弯曲碎米荠的吧。它是春天最早开出的一拨花，带着冷霜的清冽之气，带着雪花的晶莹纯洁，自有着一份清澈和清新。

小时我和我姐在河边玩，常常能见到它的身影，一小簇一小簇的细白花，在风中晃晃悠悠的。我们那时不叫它弯曲碎米荠，而叫它假荠菜。它的样子跟荠菜有点像，都是伶仃小草。我们赶紧拔了它，去喂家里的羊。一把弯曲碎米荠抛进羊圈，在羊的脚旁荡起碧波，那些小白花，就像碧波上泛起的细浪花。羊低头啃一口草和花，在嘴里慢慢嚼，滋味无限好啊。羊很感激地抬头看看我们，琥珀似的眼睛里，汪着滴滴温情。现在想想，我家的羊真是幸福，天天都吃着野草和野花的。

别看弯曲碎米荠只是一介野草，它的心气儿却高着的，“喜清而恶浊”，只“生源头至洁之地”。故一般污浊之地，很少看见它的身影。而它能跑到我的花池里来，说明我的花池，多么洁净。

在乡下，弯曲碎米荠爱在河畔、沟边生长，那里最接近水源。它好聪明，知道水是世上最干净的东西。我想起唐人胡令能写的诗句：“蓬头稚子学垂纶，侧坐莓苔草映身。”这景象是我再熟悉不过的景象。只是诗里的青苔旁，是否也长着弯曲碎米荠呢？想我小时，和一帮孩子坐在河岸边钓鱼，它和青苔都在那儿，绿绿的一蓬蓬一堆堆，映得我们都成了绿绿的小人。天地那么美，生在其中的人，却不自知。如今，隔了遥远的距离看，唯有一声怀念的叹息，轻轻落在心上。

资料卡

弯曲碎米荠

别　　名：细叶碎米荠、田芥。

科　　属：十字花科。碎米荠属。

形状特征：一年或二年生草本。茎自基部多分枝，斜升呈铺散状。总状花序多数，生于枝顶。花小，花瓣白色，4 枚。萼片 4 枚。雄蕊 6 枚，雌蕊一枚。

生长特性：喜湿。生长于草丛、路边、林间、墙脚、河畔、溪边等地方。花期 2~4 月，果期 3~5 月。

分布区域：我国大部分地区均有分布。

花　　语：奉献。

风中有朵雨做的云

冰雪消融了，土地松软了，人们的视野里，渐渐现出一抹一抹的草色来。在这草色里，断断少不了泽漆的。它甫一莅临，便是欣欣向荣繁荣昌盛的样子。

泽漆是植物界里的元老了。它最早出现在《神农本草经》中。李时珍的《本草纲目》中也有记载，李时珍是这么解释它名字的由来的：

> 生时摘叶有白汁，故名泽漆，亦啮人肉。

这个“啮”字，用得颇为夸张和吓人。事实上，它并非长了牙齿，也断断咬不了人的。不过，它的乳浆却有点小厉害，白而稠，若沾上了，便如漆一般的胶着在人的皮肤上，洗也洗不脱，令人很不舒服。对皮肤过敏的人来说，会发生红痒。若不小心进入眼睛里了，则大大不好，很可能会导致失明哩。

泽漆之名很拗口，日常中这么叫它的人并不多。我的乡人们唤它乳丁草。这名字很直白。它全株含乳汁，倘若折断它，会“噗”的一下，白白的乳汁喷出来，丁丁点点。有的地方唤它猫儿眼。这名字真不赖，又活泼又生动。仔细打量它，那一圈一圈黄绿的叶子，可不就像猫的眼睛么？尤其像极暗夜里的猫的眼睛，发出绿绿的光。

我最喜欢的，是唤它五朵云的。第一个如此唤它的人，拥有多么诗意的眼睛和情怀啊。带着这个浪漫的名字，再看它，越看越觉得它漂亮。那自然卷曲着的叶子，真的像极了云朵。五朵，环绕在一起，上面似有黄绿的雨滴闪亮。我想起一首动听的歌：

风中有朵雨做的云，一朵雨做的云，云的心里全都是雨，滴滴全都是你……

这首歌送给泽漆听，挺合适的。泽漆的“云朵”在风中飘啊飘，它的心里，滴滴全都是谁呢？在岁月的长河里，它活得孤孤单单。虽那么努力地生长，那么拼命地蓬勃着，但人们对它就是不喜。我小时对它，也是相当厌恶的。它的乳汁，弄脏过我的衣服，洗不掉，被我妈责骂。我们家的羊也不喜欢它，倘若我们没有留意，在羊草里混进它，羊低头闻闻，把别的草吃了，绝对不会碰它一口的。哪怕饿得咩咩叫，也绝对不去碰它。羊的基因里，一定有着不为人知的记忆密码，知道这泽漆是有毒的，不能吃。一切的生物，都有着它们的生存本能。这么一想，泽漆不为人喜，何其无辜！它之所以让自己全株含有乳汁，并带有毒性，何尝不是它的生存本领？

任何事物都具有两面性，泽漆虽然全株有毒，可它全草都能入药，具有利尿消肿、化痰散结、杀虫止痒等功效。再说，人家长在那里，并没有招你惹你，你也不要去招它惹它。老老实实远远欣赏着，看它如一朵一朵雨做的云，在风中摇曳着，不是挺好的吗？

资料卡

泽漆

别　　名： 漆茎、五朵云、猫眼草、奶浆草、乳丁草、五凤草、五灯草、猫猫眼。

科　　属： 大戟科。大戟属。

形状特征： 一年生或二年生草本，全株含乳汁。茎丛生。叶互生。杯状聚伞花序，顶生。雄花黄绿色，细小，10余朵。雌花黄绿色，细小，1朵，位于花序中央。蒴果卵形，表面有凸起的网纹。

生长特性： 喜阴。生长于荒野。花期3～10月，果期5～11月。

分布区域： 除新疆、西藏外，全国各地均有分布。

花　　语： 善变。

原来是堇菜啊

我没想到会遇到戟叶堇菜。

一座高楼的前面，紧挨着路边，有一片很大的草坪，草坪上长着些银杏树和紫荆，还有一株桃。桃花一个星期前就开了，现在花势已减。紫荆接过接力棒来，紧锣密鼓地为它的上场造着势，只见它扯起紫色的旗帜，就要满天下跑了。我是走过去看紫荆的时候，看到草地上那些星星点点的白的。这个时候，暮色已染，路边的街灯，业已亮了。可是，那些蹦跳着的白，还是吸引住我。这是什么？我好奇地蹲下身去察看。唔，原来是堇菜啊。

堇菜是好辨认出来的，它们的花形很有特征，五瓣儿，长短不一，上方的花瓣倒卵形，侧方的花瓣长圆状倒卵形，下方的花瓣稍短。别的花都老老实实待在萼片中，只有它们不是这样的，非要从花萼里挣脱出来，花托像根短棍似的，在屁股后面翘起来，很搞笑，很俏皮。

堇菜的族群相当发达，单单在我国就有 100 多种。比如戟叶堇菜、早开堇菜、白花堇菜、心叶堇菜、蔓茎堇菜等等。现在人们最喜欢拿来装饰城市面貌的三色堇，也是从它们家族里走出来的。倘若让所有堇菜排成一排，叫你辨认，你准会头大。它们的容貌太相似了，有的简直是一个模子刻出来的。

差别在哪里呢？差别就在它们的装扮上。有的好画眉，有的好涂唇，有的好戴个面具。是扮淑女呢，还是扮绅士呢，还是扮小丑呢，随了它们的喜好。拿三色堇来说，它该是堇菜家族里的另类，接受新鲜知识最多，思想最为奔放，打扮最为时尚，常常奇装异服地穿着，满身都是绚丽的色彩在流淌，它一出场，就非常吸人眼球。

戟叶堇菜的名字叫得刚劲得很。“戟”是啥？古代的兵器啊，是戈与矛合在一起带长柄的家伙，战场上挥舞着它的大将，都是臂力惊人的，好是威风凛凛。然戟叶堇菜看上去却淑女得很，除了叶子有一丁点戟的样子外，找不到任何与武力相挂钩的地方。花朵真是好看，素素的白，下方的两瓣花上，还细细描了些紫色的纹路。很像个爱美的女孩子，在指甲上要涂上紫色的指甲油。这是从诗经年代，一路跋山涉水走过来的堇菜么？“周原膴膴，堇荼如饴”，那块水草肥美的大地，在今天陕西扶风一带，周朝的天下，是在那里打下的。那里遍布堇菜和苦菜，当时的人们，没少尝过吧。虽吃在嘴里是苦的，但在回味的时候，却如饴糖一样的甘甜。过程是艰辛的，结出的果实，却是鲜美的——这是当时的人们，借了堇菜和苦菜，在夸他们周王朝的祖先呢。

堇菜开花，颜色最多的是紫色，像早开堇菜、紫花地丁、心叶堇菜、斑叶堇菜等，部分戟叶堇菜也开淡白的花。它们单棵看去不咋地，但若满满一片看过去，瞬间让人有种冲动，想倒在里面打个滚儿，把自己染紫、染白了才好。

春天里，你随便出门走走，也总能碰到些堇菜的。有的开紫花，有的开白花。有的叶子是心脏形状的，有的叶子边缘有锯齿。有的带紫色纹路，有的不带。有的有褐色的长花梗，有的没有。你若实在认不出它们都是谁跟谁，就不要为之去头疼了，你且走到它跟前去，微笑着跟它说声，唔，原来是堇菜啊。

我想，它定会高高兴兴地答应，是啊，我是堇菜啊。

资料卡

堇菜

别　　名：堇堇菜

科　　属：堇菜科。堇菜属。

形状特征：多年生草本植物。不同种类的堇菜，叶子千差万别，各具形态。花朵紫色或白色，或与之接近的深紫色、粉红色、淡粉色，或者白色花瓣上有堇色的条纹。

生长特性：生于路边、草地、山坡、灌木丛、杂木林边缘、田野、宅旁等处。

分布区域：我国大部分地区都有分布。在朝鲜、日本、蒙古、俄罗斯也有分布。

花　　语：无条件地爱。

一身诗意一年蓬

一年蓬在草地上零零星星地开了，原本平淡无奇的草地，便开始诗意起来。这个时候，该配上布衣布裙的女子，提着篮子在草地上缓缓行的。

还该配上小调，七弦琴弹着，咿咿呀呀唱着。一年蓬是要配着小调开的。

这小调最好是一曲零露漙漙的诗经，或是一阕情深意重的唐诗，或是一阕清丽温婉的宋词。

然诗经年代它不在这里。唐诗年代它不在这里。宋词年代它也不在这里。

那些年代，所有飞蓬家族的成员，还都生活在北美洲，一年蓬当然也不例外。一直到清朝末年，它才远涉重洋而来。它竟很快适应了这异乡的日子，兴旺发达起来，不过百十年时间，它已完全与这片土地融合到一起。倘你不追溯它的过往，是一点儿也不晓得它是外来的。

每每看到一年蓬，我都很激动。它命贱如尘，却拥有着一身的诗意。花茎亭亭玉立着，上面擎着数朵素白或红紫的小花，小家碧玉般的，娟秀娴静。它是头状花序，有着典型的菊科花朵的特征，外围，是由无数枚线状花朵组成，常被人误以为是花瓣。中间，欢实的浅黄的“花蕊”，实际上，也是它的花，是些细细的像小管子一样的花。它的一朵花，是由这无数朵线状花和管状花组成的，却天衣无缝得愣是叫你看不出来。一朵花身上的秘密，绝对不比一个人的少。借助花朵看世界，我们往往容易看到神奇和感动。

看一年蓬的盛开，会让人心情大好。它是蓬门荆户里生长的小太阳，再苦长的日子，也会因它多出无数的春天和好意。当它成片成片生长，簇簇素白的花朵，随风摇曳，就仿佛清澈的溪水，漫上堤岸。这个时候，我总要浮想联翩，想起诗经年代那个首如飞蓬的妇人：

伯兮朅兮，邦之桀兮。伯也执殳，为王前驱。

自伯之东，首如飞蓬。岂无膏沐？谁适为容！

蔓草萋萋，战乱不止，恩爱的夫妻被迫分离，他执戟执殳去往前线，她在家里思念成灾。小小的白花、蓝花开满荒野，她无心欣赏。他不在家，她连头发都懒得打理了的，任由它们乱成一窝乱糟糟的蓬草。女为悦己者容，那么花呢？花年年岁岁来相见，为谁而容？我想，谁遇见了花，花就为了谁吧。

想起有一年去贵州，在大山里遇雨封路，阻隔了旅途，不得已，我投宿到当地一山民家里，心情怅然难当。夜里，雨停，月亮出来。我睡不着，出门看月，却见月下一片素白的小花摇曳。我弯腰去看，是一年蓬啊。奶黄的月光在它们清秀的脸上，抹上了一层蜜似的，散发出甜蜜的气息。我非常开心地看着那些小花想，它们居然也在这里呀，它们是来安慰陪伴我的吗？原先的怅然和郁闷，一扫而空。那一夜的月光和花朵，成了我生命里极美好的记忆。

心里一直存有这样一个愿望，哪天，要是我的小城也有成片的一年蓬盛开着就好了，它实在不比兰花、三色堇逊色。不知是谁跟我心有灵犀，今年春天，我在小城还真的看到了成片的一年蓬。路边绿化带里，专门辟给它一块领地。它自然毫不客气，既来之，则安之，勤勤恳恳地打理着它的新家，安安稳稳过起它的小日子。二三月出小苗，嫩绿的一片片，稚稚的可爱。四五月开花，不疾不徐。花一直开一直开，开到八九月。无数朵素白的小花，缓缓舒展，迎风摇曳出无限的诗情画意。我路过，总不自觉地停下来看一看，身边的喧闹遁去了，眼前只剩无尽的恬美和宁静。

资料卡

一年蓬

别　　名： 千层塔、向阳菊、白顶飞蓬等。

科　　属： 菊科。飞蓬属。

形状特征： 一年生或二年生草本。茎直立，分枝，具毛。叶互生，长圆形或披针形。头状花序，顶生。花白色，或淡紫色。花冠辐射对称，花瓣多枚，由多朵小花聚集而成，中央小花黄色，边缘小花白色、花瓣状。瘦果圆柱形。

生长特性： 适应性强，对环境要求不高。以种子繁殖。花期、果期4~9月。

分布区域： 我国绝大多数地方均有分布。

花　　语： 随遇而安、知足常乐。

采苦采苦

“荬”这个字看上去就苦苦的。你想啊，在头上插根草，让人买去，该多卑微多悲伤啊。从前穷苦人家卖儿卖女，都是在孩子头上插根草的。

荬的前头偏又再加一个“苦”字——苦荬菜，那真是苦到家了。

诗经年代有个被流言蜚语中伤的女子，独自提篮去野外采野菜，她采的野菜中，有一种野菜就是苦荬菜。她一边采一边伤心地碎碎念：

> 采苦采苦，首阳之下。人之为言，苟亦无与。舍旃舍旃，苟亦无然。人之为言，胡得焉？

她就这么对着苦荬菜自说自话，苦荬菜呀苦荬菜呀，我到首阳山下来采你呀，有些人编着瞎话污蔑我，你不要相信他们的话呀。哎，我还是丢开吧丢开吧，那些瞎话有什么可信的呢。他们这么污蔑我，最终能得到什么呢？

我想，当她把篮子装满了，心中的愁苦大概也消散得差不多了。回家去，把苦荬菜洗洗切切，炒着吃了。大自然是最好的疗伤师。我们都免不了有难过的时候，实在郁闷了，就去大自然里待会儿，听听鸟叫，看看花开，学学这个女子，采几把野菜回家。也许，心情就平静下来了。烟火的人生，终究是叫人爱的。

苦荬菜的幼嫩茎叶可食用，然味道极苦，跟苦瓜的味道差不多。饥荒年代，人们没别的法子，拿这些野菜充饥，再苦也要咽下去。现在人们吃带苦味的菜，倒成了时尚，据说里面的营养价值极高，又含蛋白质又含多种维生素的，总之是个好东西。我没吃过，是闻见那苦味就退却了的。

它的花，是一点儿苦模样也没有，一派的单纯天真。无论是中华小苦荬菜，还是抱茎小苦荬菜，还是多头苦荬菜，除了茎叶稍有些区别外，花的模样相差不大，都是一件浅黄的衫子套着，笑嘻嘻的，温温柔柔的，撑在细长的茎上，顾盼神飞。草地上有一丛，那块草地就活泼起来了。路边长着一两棵，那条路就叫人很爱走了。不过那花很奇特，具有很大的欺骗性，看上去是一朵小黄花，事实上，是无数朵。中央花朵呈花蕊状，边缘小花是花瓣状，各由多朵组成。这组合起来的多朵，再组合在一起，成为我们看到的“一朵”。造物主真是费尽心思哩。

苦荬菜喜欢一边开花一边结果。果实也颇好玩，跟蒲公英的差不多，只是要小一号，也是长圆形的，顶端也生着白茸毛，像一把把小小的伞。我只要在路边看到它，就跑去逗它，猛吹一口气，把那些“小伞”送上天去。我希望有几把“小伞”会降落到我书房的露台上，在那里扎下根。那么，不久之后，我的露台上，将有一些小黄花在那里登高望远谈天说地了。

想想就醉了。

资料卡

苦荬菜

别　　名：苦菜、山苦荬、小苦苣、黄鼠草等。

科　　属：菊科。苦荬菜属。

形状特征：多年生草本。植物体内具有白色乳汁。叶互生，披针形。头状花序，伞房排列，顶生，花具长花梗。花冠辐射状，黄色。由多朵小花聚集而成。瘦果，长圆形，顶端具簇生的毛，伞状。

生长特性：生于草丛、路边、房前屋后。花期 1~10 月。

分布区域：我国绝大部分地区均有分布。

花　　语：纯洁和友善。

草里面的武士

蓟这个字很有意思，是草丛里来了一条挎着大刀的鱼。

蓟也确实挎着“刀”的。无论是大蓟，还是小蓟，叶子上都密布着刺，如小兽的利齿。蓟是草里面的武士。

蓟有两兄弟，大蓟和小蓟。相貌极其相像，看上去像是孪生的。人常混淆它们，把大哥喊成小弟，把小弟叫作大哥。不过熟悉它们的人，还是能一眼分辨出的，大蓟个儿高，茎粗，身子壮实，髓部松，叶皱褶，上面的刺长而尖锐；小蓟个头要小一号，茎细，身子纤弱，髓部小，叶不皱褶，上面的刺短而稍软。这两兄弟一强一弱，相配得当。

蓟是地里面常见的野草之一，吾乡人称之刺艾或刺儿菜。家里养的猪和羊，都爱吃它。在它未开花前，口感似乎很不错，从猪和羊埋头大吃的情景中，可以推测得出来。虽然采这类草手上有刺刺的感觉，很不舒服，但我们还是兴高采烈地采了一篮又一篮。那时只晓得猪能吃羊能吃，不知道人也能吃，且是道滋味很不错的野菜。有一年的五月，我去东北，那会儿，山上的野菜正新嫩着。当地朋友带我去采，采得最多的，就是蓟。我惊讶得不得了，我说这也能吃？我们那儿都是用来喂猪的呀。朋友听了，连呼可惜。晚餐桌上，我们采来的小蓟洗洗淘淘，被端上了桌，拿面皮儿包了，蘸上熬好的酱汁，塞进嘴里，嚼一口，哇，那滋味，又苦又甘，又清嫩又清香，竟是没办法形容了。

蓟若开花了，就老了，上面的刺坚硬起来，如同浑身长满刺的刺猬。羊也不吃猪也不吃了，我们也不再去碰它。然它的花朵又实在是动人的，别具一格得很，尽显“武士”温柔玲珑的一面，颇令人意外。每一朵花都面朝天空，盘踞在茎上，远观去，很像女人挽的一个髻。近处瞅着，又似毛线扎成的一个绒球球。颜色是十分明媚温柔的玫紫，女孩子可直接拿它挂在包包或帽子上做装饰。

蓟能止血，这是我小时从实践中获知的。小时常跟镰刀为伍，割猪草、羊草要用镰刀，割麦子、水稻要用镰刀，割破手指也便成了家常便饭。眼见着指头上血流如注，也不担心，采一两片蓟的叶子，放嘴里嚼碎了，敷在伤口上，一会儿血就止住了。现在每回见到蓟草，总能唤起我许多的往事。蓟还是少年的蓟，人却不是少年的那一个了。

资料卡

蓟

别　　名：刺儿菜、刺艾、山萝卜、刺盖等。

科　　属：菊科。蓟属。

形状特征：多年生草本。茎直立。叶边缘有刺。头状花序，顶生，球形。总苞片多层，线状披针形。花紫色或玫瑰色。瘦果长椭圆形。

生长特性：不择地。具有惊人的修复能力，折断它的茎秆，在断面上会直接萌生新芽。花果期 4~11 月。

分布区域：我国大部分地区均有分布。日本、朝鲜也有分布。

花　　语：谨慎、严谨、稳重、默默地爱。

芄兰之恋

我在小区后面的河边，在一棵弯着腰朝向水面的柳树上，看到了乳浆藤。没错，是乳浆藤。它与柳树缠抱在一起，心形的叶片，肥嘟嘟的。青绿的藤，像软鞭子似的，一径向着柳树的梢头挥去。叶腋间，抽出一枝枝花梗来，上面缀着些毛茸茸的花。淡紫，五瓣，类似于紫茄子开的花。

好多年不见了。真是好多年不见了。好意外啊，我欣喜得不得了。伙计，你还好吗？我希望它能认出我来。还记得吗，我爸叫志煜，我家屋后有片竹林，当年你曾攀爬着我家的竹子，成日家在上面荡秋千玩着呢，你把那儿当成你的家。我就是那家的二丫头呀。对啊对啊，我就是爱钻在竹林里玩耍，爱扯下你那纺锤似的果实的那个小姑娘啊。

我对它真是熟稔，乡下诸多的野生植物里，它独占着一份。沟边渠旁，家前屋后，常常见到。它秉承了藤状植物的传统，爱撒娇瞎热情。不管遇到谁，它都自来熟地贴上去，娇憨加无赖地攀着人家不放，非要人家捎上它不可。我家的竹林里，它是常住客。屋后的楝树上、槐树上，也常有它的身影出没。我奶奶在屋门前的渠道旁，栽了一排葵花。这下好了，它欢天喜地地奔过去，把葵花当梯子玩耍了，缠着不放。我奶奶可不喜欢它，看见，必赶走。一把扯下它的藤。它也知道疼痛似的，冒出好些白色的乳浆，沾手上半天也洗不脱，黏糊糊的。

它结出来的果实，跟纺锤很像，时刻准备着纺纱似的。好像在告诉别人，它是很勤快的。我们把它剥开来，里面果真藏着“棉纱”哩，那长约二寸的“棉纱”扯出来，满天飞。我们小孩子是顶喜欢玩这种飞翔的游戏的，常常比赛谁扯下的飞得更远。

《诗经》里有两个孩子早就玩过这种游戏了。他们那时不叫它乳浆藤，他们叫它芄兰。我特地查了一下字典，芄，没别的解释，只是为“芄兰”而造了这个字。这有点专宠的意思在里头了。它的嫩果可食用，熟果可入药，大约是因这个原因，它才受到专宠的吧。小孩子是不管这个的，他们喜欢玩它，盖因它的果实的确好玩。这两个孩子玩着玩着就长大了，长大了不好意思总腻在一起了，特别是男孩子，他觉得他是个大人了，明明还是喜欢女孩子的，却学着成人的举动，装作满不在乎。小姑娘可受不了他的装模作样，更受不了他不理她，她埋怨地数落起来：

芄兰之支，童子佩觿。虽则佩觿，能不我知。容兮遂兮，垂带悸兮。

芄兰之叶，童子佩韘。虽则佩韘，能不我甲。容兮遂兮，垂带悸兮。

坏小子啊，你可还记得，我们一起玩过的芄兰啊？它连着枝连着叶的呀。你现在佩上了成人佩饰觿和韘了，你就不理我了。你看看你，走路都不好好走了，任腰带垂着飘着，一步三晃的，这像个什么样子嘛！

这是诗经年代的动人，初恋的滋味，如植物一般自然和清新。

在《神农本草经》中，芄兰被唤作萝藦：

萝藦，又名苦芄，叶厚大，作藤生，敷肿，东人呼为白环藤，生篱落间，摘之有白汁。一名雀瓢，人家多种之……

这名字实在有些奇怪，好像讲经说法似的，带着玄虚。它还有诸多别名，比如赖瓜瓢，比如婆婆针线包，都跟它的果实有关，挺形象的。

资料卡

萝藦

别　　名： 芄兰、赖瓜瓢、乳浆藤、奶浆藤、羊婆奶、婆婆针线包等。

科　　属： 萝藦科。萝藦属。

形状特征： 多年生草质藤本，具乳汁。茎圆柱状，有纵条纹。聚伞花序，花淡粉色、白色或紫红色。花冠辐射对称，花瓣5枚，具毛。果实椭圆，头部尖尖，形似纺锤。

生长特性： 生长于林边荒地、山脚、河边、路旁灌木丛中。

分布区域： 我国大部分地区有分布。日本、朝鲜、俄罗斯亦有分布。

花　　语： 无尽的思念和向往。

一盆繁缕

我的后窗台上，搁着一只花盆。原先我在里面养过扶桑，扶桑衰败后，我就任凭花盆自己做主了。它长过一盆野油菜。也长出过一盆狗尾巴草和婆婆纳。它长出什么来我都是欢喜的。对我来说，这些都是自然的馈赠。今春，它给我整出一盆的繁缕来，我亦十分高兴地笑纳了。

繁缕之名，听上去很有些文艺气质。事实上，不过是因它的茎蔓繁多，而茎多中空，折断后，中间富有弹性的维管束仍然相连，故得了这个名字。李时珍对它做过详细介绍：

> 正月生苗，叶大如指头。细茎引蔓，断之中空，有一缕如丝。作蔬甘脆。三月以后渐老。开细瓣白花。结小实大如稗粒，中有细子如葶苈子。

繁缕其实不止在正月生苗，在别的月份也可以。我在十月的野外，也曾邂逅它，一漫一大片，滋生疯长。它又名滋草，倒是颇恰当。

繁缕可食用。我国从前有个古老的节日，叫人节，定在每年的正月初七。这天，家家户户都要吃“七草粥”，就是把七样野菜混在一起，熬制而成。这七种野菜中，少不了繁缕。繁缕也是一味极好的中草药。

“繁缕为齑，久久食之，能乌髭发”，宋时搜集整理的一本医方著作《太平圣惠方》中，如是记载。是不是真有人食了它之后，胡须和头发变黑了呢？不得知。一些地方叫它鸡儿肠或鹅肠菜。这名字很民间，一定是经常跟鸡和鹅打交道的人给取的，看到繁缕细长的茎，他们竟联想到鸡肠或鹅肠了。他们实在是活得很风趣的人。

我的一盆繁缕没要我操任何心，自个儿吸食天地日月精华，很快覆满了一盆。嫩绿的叶茎水灵灵的，嫩得能掐得出水来。四月中旬，它开花了。小小的花朵，浮荡在嫩绿的叶茎之上，尤显洁白。花瓣看上去是10枚，秀秀气气的。翻到基部才发现，实际上是5枚，人家是两两相连的，像做出一个胜利手势“V”。我看着它，越看越愉快，真想问问它，亲爱的，有什么好事要发生了？

好事果然发生了，一只小斑鸠频繁地到来。

小斑鸠来做什么呢？起初我以为它只是一时好奇。可隔窗观察了几次后，发现不是，这只小斑鸠完全是冲着繁缕来的，它把我的这盆繁缕当作它的零食了，怡然自得地啄食着上面的小花朵、小果实。它昨天来过，今天又来了。上午来过，下午再来。一盆繁茂的繁缕，够它吃上一阵子的了。我看着真心感动，这盆繁缕，说不定就是这只小斑鸠种下的呢。某天，它从他处带来了繁缕的种子。现在，它又将繁缕的种子，带往他处去。用不了多久，别家的窗台上，也会长出一盆繁缕来。别家的院子里，也会开出一丛繁缕的花。

有个诗人说，我那么小，可世界全与我有关。对斑鸠来说，对繁缕来说，亦是如此。世界的繁茂和美好，是与它们分不开的。

资料卡

繁缕

别　　名：鹅肠菜、鸡儿肠、滋草等。

科　　属：石竹科。繁缕属。

形状特征：一年生或二年生草本。茎直立或斜生。叶对生。聚伞花序，顶生。花梗细弱。花瓣白色，5枚，长椭圆形，顶端2深裂。蒴果卵形。

生长特性：喜温和湿润的环境。花期3~10月。

分布区域：我国各地均有分布。在日本、朝鲜、俄罗斯也有分布。

花　　语：恩惠。

闲引牵牛上窗台

我又在楼上露台的花坛里，撒下一把牵牛花的种子。

每年春天，我都会播种一些。接下来的一整个夏天，我便都有牵牛花可赏了。

世人都说牵牛花是短命花，沾晨露而开，太阳一照，它就萎了。我的认知里，它却并非如此。我有时下午去，也看到它在开花。我也特别喜欢在雨后爬上露台去看它，雨的浸润，让那些花朵显得特别丰盈和饱满，像极了精致的小酒杯，盛着琼浆玉露，等着和谁碰杯。

我的乡下，没人拿它当回事的。它在野地里随便长着，随便开着花。人们不叫它牵牛花，而是喊它喇叭花。它红红蓝蓝地开在灌木间，真的宛如一只只精致的小喇叭，朝着天空吹着。小孩子有时被它的色彩吸引，摘了它玩。摘吧摘吧，没关系的，摘掉一朵，它还会冒出一朵来，反正它有的是花，一条藤蔓上，不晓得能牵出多少朵来。

那时的牵牛花，花朵没有现在培育出来的大和艳丽，却更显婉约秀气。常见的颜色只两种，一是蓝色的，一是粉红色的。蓝也不是纯蓝，红也不是纯红，里面是搭配了莹白的。那白，从花蕊深处，向四面晕开，晕成一圈，像个小太阳照着。整朵花看上去，非常雅致，像一件钧窑瓷器——花朵是最讲究自然美和艺术美相结合的呢。

这遍地野生的植物，故乡却离得遥遥，远在大洋彼岸的美洲。它是怎么漂洋过海而来的呢？这是个永远也无法找到答案的谜了。历史上总有那么一两个人吧，他浪迹天涯，在异国他乡，看到野地里那小茶盏一样的牵牛花，心生欢喜，万水千山带了回来。从一棵，到两棵，到三棵，到无数棵，风帮忙，鸟帮忙，一年一年的，它终于在这片土地上扎下根，子子孙孙无穷尽。所谓一生二,二生三,三生万物，天地之事，莫不如此。小小的牵牛花里，也住着一个宇宙的。

牵牛花的名字与其形状很不相符。倘若你单单看名字，觉得这花真够强悍的，能牵住一头牛哇。事实上，人家是小儿女一个的。可为什么偏偏叫了牵牛呢？能找寻到的出处有二：

之一，南北朝时的陶弘景，曾在他的药物学著作里，做出这样的解释：

> 此药始出，田野人牵牛易药。

当时，牵牛花是当作重要的药草入药的。庄稼人生病了，要得到此药，牵头牛来交换。这事儿真是做得夸张极了。或许当时此药草极其稀少，故显得珍贵？时人因这事，赐它牵牛子之名。

之二，因它在七夕盛开。七夕，是传说中的牛郎、织女鹊桥相会日。人们把它比作牵牛星，以牵牛来唤它。这一说法，尤得宋人推崇。在他们的诗词中，无比美好地演绎了这一传说。如秦观的“仙衣染得天边碧，乞与人间向晓看”；如杨巽斋的“应是折从河鼓手，天孙斜插鬓云香”；如林逋山的“天孙滴下相思泪，长向秋深结此花”；如施清臣的“一泓天水染朱衣，生怕红埃透日飞”。在文人眼里，牵牛花是织女的巧手织染而成的。是织女掉下的相思泪。是牛郎亲手摘下，斜插到织女鬓发上的那缕香。天上人间，就这么缱绻起来。每一朵牵牛花里，都住着一个天长地久的爱情。

我曾认识的一个老人，也特别喜欢牵牛花。老人身体单薄，面色蜡黄，咳嗽不断，似染重疾。他热爱写作，为了能有个安静的写作环境，一个人搬去乡下祖屋里住，执着地写着他那个年代的故事，有饥荒，有战争，有逃亡。却少有知音。他也不在意。他说：“我把我经历的事写出来，对我自己是一个交代。”“你若喜欢做一件事情呢，就尽力去做，不要去管他人的看法，你自己喜欢就好了。”他认真地看着我，似对我说，又像是对他自己说。有一次我去看他，他兴致勃勃地拉我去看他的牵牛花。东边窗台上，一丛牵牛花攀在那儿，一朵一朵蓝的、紫的花，簪在窗格子上。老人无比开心地说：“你看你看，我这是闲引牵牛上窗台哩。这多好哇，我在窗下写字，这些牵牛花都歪着小脑袋在看着的。”

老人已离世十多年了。我想到他时，总有一窗台的牵牛花在开着，蓝的，紫的，明艳着，美好而温暖。

资料卡

牵牛

别　　名：喇叭花、勤娘子、筋角拉子等。

科　　属：旋花科。牵牛属。

形状特征：一年生草质藤本。茎缠绕。叶互生。聚伞花序，具1~2朵花。花瓣合生，喇叭形，萼片5枚。花蓝色、紫红色、白色、绯红、桃红等，亦有混色的。果实卵球形，可以入药。

生长特性：顺应性较强，喜暖和凉快，亦可耐暑热高温，但不耐寒，怕霜冻。花期以夏季最盛。

分布区域：我国大部分地区均有分布。广植于热带和亚热带地区。

花　　语：名誉、爱情永固。

史书一般的麦蓝菜

我确信我是第一次见到麦蓝菜。

我去楼上的露台看蔷薇。立夏前后，蔷薇们全体出动，要一争天下了。我一日好几趟，频繁上楼去。我喜欢蔷薇花细皮嫩肉的好模样，憨憨的，娇娇的，如小儿女。这天，我正弯腰看蔷薇呢，一星点白突然在我眼前闪了一下。我疑惑了，拨开密密的蔷薇枝条去察看，惊喜地发现，几朵我不认识的小白花，藏在下面。它们像认生的小奶猫，躲着什么，却又压抑不住好奇心，探出头来，睁着圆溜溜的眼，偷窥着周围的一切。

哈，你，被我捉到了！我这厢高兴坏了，笑呵呵拨着其中一朵说。它似乎不好意思了，忸怩起来，微别过头去。纤细的茎，游丝软系一般，轻轻晃了晃。上面顶着的“小净瓶”就跟着晃了晃——它的花萼，实在像只小净瓶。一茎之上有两只或三只这样的小净瓶，上面各插一朵花，清白着。模样有点类似于酢浆草的，然比酢浆草的更显雅致和秀美。隔它不远处，还有一株同样的草，只不过上面的花是粉红色的，丽质天成。

它是怎么来的，永远是个谜了。跟风来的？跟鸟来的？跟着蝴蝶来的？还跟着蜜蜂来的？都有可能。也有可能，它是混迹在矢车菊的种子里一起来的。去年我买了一把矢车菊的种子种下去，开了许多蓝的粉的花。但去年我没有发现它呀。也许那时它就潜伏下来了呢，它真是搞情报工作的好手啊。

我不认识它，自然要查查它的来历。这一查，可不得了了，人家原来是株圣草啊，光环多着呢。它有大名叫得好听，麦蓝菜。大凡名字中带“蓝”的植物，都很有些本事的，要不能作染料，要不能提炼颜料，要不能入药。麦蓝菜既然顶了个“蓝”字，那也绝不含糊的，它既可酿酒，又可制醋，还可榨油。更重要的是，它也入得药，而且一入就成了赫赫有名的一味药，叫王不留行。

这个顶顶奇怪的中药名字，始见于《神农本草经》。它在里面被列为上品，说是“行不俟驾。速甚邮传”。这个真不好理解呢，“行不俟驾”出自《论语》，意思是孔子听到国君召唤，等不及套好马车，就迅速跑过去了；“速甚邮传”出自《孟子》，引用的是孔子说过的话，“德之流行，速于置邮而传命”。意思是美德的流传推广，比设立驿站传达王命要迅速得多。王不留行的名字就这么诞生了，形容它的药效特别迅速，迅速到如同孔子应召和美德的传播。

一千多年后的李时珍，对此作了进一步说明：

> 此物性走而不住，虽有王命不能留其行，故名。

说它性急善走，走而不守，连王的命令也不能让它停留。北方有歌谣唱得更通俗：“穿山甲，王不留，大姑娘喝了顺怀流。”未曾生育过的大姑娘喝了王不留行，也能使乳汁汩汩流淌出来。这很夸张了，然也从另一个侧面，说明它的通乳效果非常好，故有“通乳圣药”之称。它还有活血通经、消肿止痛等功效。

民间还编了一则有关它的传说故事，说是汉末王莽政权期间，有个叫王郎的人起兵，一路追杀刘秀，追到中兴将领邳彤的家乡，逼着村里人交出刘秀。村人们不搭理，王郎便下令血洗村庄。手下人劝道，这里到处都是青纱帐，恐有埋伏，还是赶紧撤出去为妙。王郎听了手下人的话，带兵往外撤退，在村口遇到挑着一担草的村民吴行。王郎问吴行，你挑这些草做什么用？吴行只当他是个当兵的，根本没提防，如实告诉他，这草可治刀枪之伤。王郎立即让他的伤兵试了试，伤口果然很快愈合。王郎大叹，神草啊。为了不让这神草落入刘秀的军队之手，王郎动了杀心，杀死吴行，夺走神草。后来邳彤助刘秀平定了叛乱，回到家乡，得知吴行之死。为了纪念吴行，遂给这草取名王不留行。

谁能想到这么一株纤弱的草身上，竟有着这么多的传奇呢？翻阅它，就像翻阅一本厚厚的史书。一草一世界，一花一菩提，大自然里的每个生命，都不容我们小觑。

资料卡

麦蓝菜

别　　名：奶米、王不留、留行子等。

科　　属：石竹科。麦蓝（王不留行）属。

形状特征：一年生或二年生草本。茎单生，直立，上部分枝。伞房花序稀疏。花瓣5枚，淡红色，或白色。花萼卵状圆锥形，后期微膨大呈球形。蒴果宽卵形或近圆球形。

生长特性：生于田野、路旁、荒地。花期5~7月，果期6~8月。

分布区域：我国绝大部分地区均有分布。

花　　语：助人为乐。

蒲儿根

从前，我也喊蒲儿根为野菊花的。

吾乡人到现在还都这么叫它。我回老家，和我妈一起去地里，在芦苇塘畔，遇到成堆的蒲儿根，一个个都顶着黄灿灿的小脑袋，冲着我热络地笑着，似在跟我打招呼，你好啊，老朋友。我自然不能拂了这份热情，弯腰也跟它们打招呼，把它们一枝一枝数望过去。真好，它们还是我记忆里的模样，天真烂漫，胸无城府。有邻居路过，看见，笑了，对我说，这些野菊花呀，没魂没胆哩。

我会心一笑。我太喜欢吾乡人的语言了，风趣幽默，一针见血。蒲儿根的确是个天不怕地不怕的角色，就没有它不敢去的地方。你在乡下随便走走，哪儿都有它的身影，一点儿也没有规矩地乱窜，荒偏之地去得，断壁残垣处去得，悬崖峭壁处去得，人家的家前屋后也去得。它也不要守谁的规矩，生着茸毛的种子，随风四下里飘散，想在哪里落脚就在哪里，盛开才是它要捍卫的真理，一漫一大片。春天开完了，夏天接着开。夏天开完了，秋天又有一拨会再回来，举着簇簇黄花朵，像举着金幡——它在念它的佛。

有一年暮春我去重庆，在一座大山里与蒲儿根劈面相逢。半山腰有人家，石头墙的房子顺着山势而走，房子周围，小黄花扑地，沸沸扬扬，磊磊如金钿。都是些开得好好的蒲儿根。小块的庄稼地傍在山侧，地里长玉米。庄稼地的周边，也全被蒲儿根占领了，它们撒着欢地奔下山崖去，小黄花如瀑布一泻而下。一些峭壁上，也攀着一簇一簇的小黄花，很显摆地在那里耍着杂技。有人在庄稼地里干活，人的身上映着黄花的影子。玉米的身上映着黄花的影子。一座山的身上，映着黄花的影子。跟当地人交谈，他们说方言，我听不大懂。我说的话他们也听不大懂。但我一指满地滚金的蒲儿根，他们就都笑了，说了一堆儿的话，并邀请我去他们家。我们因了蒲儿根而亲近起来。我想，对于那座山来说，那些蒲儿根的存在，当如星星之于天空吧。蒲儿根是那座山的灵魂，也是山里人家的灵魂。

在江西，我曾被一路的蒲儿根，引到城郊去，引到一座小山上。至今我还觉得如同在做梦，怎么会有那么多的蒲儿根呢？它们就那么堂而皇之地跑进城里，活跃在路的两旁，鼎沸地开着花。我跟着那些花走，想知道它们最终会走到哪里去。我渐渐远离了城市，车声人声都少了去，我到了山里。山坡上，住着几户人家。蒲儿根在我的前头奔跑，数量之多，无法细述。我感觉到喧闹和隆重。像从前乡村里来了外客，村里所有孩子都会跑出来欢迎。我这个不速之客，就这么被一群蒲儿根迎上山。它们一路奔跑一路欢叫，来客人了，来客人了。人家的房，被它们簇簇围绕在中央。有狗在篱笆墙内轻吠。人家的屋顶上，靛蓝色的炊烟，袅袅浮起。我在那里待了很久，一直待到夜幕四垂，不觉害怕。有那么多的蒲儿根陪着，有什么可怕的呢。

我想给蒲儿根取个小名，我要叫它小葵。它的性情，真的很像向日葵，无论身处何地，唯一不改的，是那颗向阳的心。

资料卡

蒲儿根

别　　名：肥猪苗、黄菊莲、猫耳朵、矮千里光。

科　　属：菊科。蒲儿根属。

形状特征：二年生或多年生草本植物。叶互生，卵形或心形，边缘具齿。头状花序，伞房状排列，顶生或腋生。花冠辐射对称。花瓣多枚，由多朵小花聚集而成，中央小花黄色、花蕊状；边缘小花通常 13 枚，黄色、花瓣状。瘦果圆柱形，具毛。

生长特性：生于林缘、溪边、潮湿岩石边及草坡、田边。花期全年。

分布区域：全国各地。

花　　语：率真、光亮、向阳的心。

露台上的香丝草

初见香丝草的名字，我是讶异着的，这名字太好了，丝丝草叶都染着香的。

可实物跟名字的出入太大了，它没有那么香，如果不是把它揉碎了来闻的话。揉碎了来闻，也只是草药的那种清苦之香吧。它的确是一味不错的草药，可疏风解表、行气止痛、祛风除湿。然更多的时候，它是被当作恶草的。吾乡人称它野蒿子，农田里见之，是要除之而后快的。

人的喜恶之感取决于什么呢？取决于对他是否有用。有用的留下，无用的除之，就这么简单。人从来没有想过，这对香丝草们来说，是否公平。在大自然里，它们同样被赋予了生存的权利。生存权，该是一切生命最高的权利。香丝草是懂得这个道理的，它对抗不公平的办法，就是拼命地保护自己，让自己活下来。它开两性花，可保证自体受精。又开雌花，可通过昆虫授粉受精。这使得它的繁殖能力特别强，真正做到了野火烧不尽，春风吹又生。

它是春天来到我露台上的花园里的。在我的这个园子里，我让植物们自由抉择，来，我不驱赶。去，我不挽留。植物们完全做着自己的主，便常有些不速之客光临。这块地虽不肥沃，还常常因我外出无法施以浇灌而干渴着，但好的是有绝对自由。自由，对一切的生命来说，是最高的奖赏。

香丝草来了之后就不想走了。它在一丛箬竹旁安下家，认认真真地长叶、抽茎。叶子长长的，两面都略带刺感，茎秆上也是毛毛的、刺刺的，似乎不想让人亲近。到夏天的时候，它的个头长高了，并斜分出好多的枝枝茎茎，打了好多的花苞苞。我去看别的花的时候，也顺便看看它。

立秋之后，雨一场接一场的，一会儿哗哗哗的，一会儿又浅唱低吟着。地上开始翻卷着一些落叶，桐树的、栾树的、海棠的、紫薇的、合欢的，很有点秋天的样子了。狂欢了一夏的植物们，渐渐显出疲态来。我露台上的花园里，也有欢宴散去杯盘狼藉之状。这棵香丝草似乎没有受到丁点影响，它依旧沉浸在它的锦绣光阴里，开花，开花，还是开花。累累一头的花，如同缀着一头的珠翠。如果你再凑近一点，它的呼吸便清晰可闻了，你会惊讶地发现，数枝高低错落的花茎之上，缀着的那些小花苞，多像一盏盏欧式宫灯啊。当那些“宫灯”被“点燃”后，便幻变出一朵朵白的或黄的“小蘑菇”，茸茸的，一丝一丝的，那是它的果实。或许这才是它得名香丝草的缘故吧。你不能不惊叹造物主的神奇，它给这个大地，造出多少的美啊。

我很高兴，我拥有这样一个露台花园，可供植物们自由驰骋，让它们得以展露出生命最原始的天真。我日日与它们为邻，受着它们的感染和鼓舞。

资料卡

香丝草

别　　名： 野塘蒿、野地黄菊、小山艾、小加蓬、火草苗。

科　　属： 菊科。白酒草属。

形状特征： 一年生或二年生草本植物。根纺锤状，常斜生，具纤维状根。茎多分枝，密被贴短毛。叶密集，倒披针形或长圆状披针形，两面均密被贴糙毛。头状花序多数，在茎端排列成总状、伞房状或圆锥状花序。花冠管状。雌花白色，多层，不明显。两性花淡黄色，多数，裂片 5 枚。瘦果线状披针形。

生长特性： 常生于荒地，田边、路旁。花期 5~10 月。

分布区域： 原产南美洲。现广泛分布于热带及亚热带地区。

花　　语： 不屈不挠、自得其乐。

维莠骄骄

搁在后窗台的一只空花盆，在蔓生出一盆繁缕后，风或是鸟，又给我种上了一盆狗尾巴草。草自接星辰、天水和露珠，一节一节，蓬勃地长。夏至日前后，它陆续抽出毛毛虫一般绿绿的花穗，绿衣飘飘，绿穗摇摇，一副逍遥公子哥的派头。

我挺感激的，凭空得到这样一盆狗尾巴草，绝对不比拥有一盆名贵花草逊色。我把它搁在客厅，合宜。搁阳台上，合宜。搁书房里，也挺合宜的。它狭长的叶片，有着优美的弧度，疏朗有致。三五枝带着麦芒的花穗点缀其上，昂昂然，高低错落。这极具艺术天分的造型，呈现出令我惊叹的美。尤其当一束早晨的阳光，打在它身上，那个时候，它仿佛给塑了金身，每一枝花穗，都在放射着光芒。

一盆狗尾巴草，也可以美成这样！我被震撼到了。按理说，它该沉沦，它该灰头土脸才是。因为，它一直被打压着。

几千年前，人就给它定性了，呼它“莠”。说它是恶草，秀而不实，光顶着一副禾黍的好皮囊，却不结禾黍之实，偏还老脸皮厚得不行，处处抢占禾黍的地盘。一个思妇哀怨地唱道：

无田甫田，维莠骄骄。无思远人，劳心忉忉。

无田甫田，维莠桀桀。无思远人，劳心怛怛。

她的男人离了家，一去上百里，久不归家。她日思夜盼，埋怨着，哎呀，你看你看，你走了后，我们的大田也没人耕种了，只有一地的狗尾巴草在横行霸道。

狗尾巴草真是好委屈，地撂荒在这里，它好心好意跑来帮忙，帮着打理，帮着守护，让这里重现生机。偏偏人却不领情，怨它们添了荒凉和凄清。人不知道，真正的荒凉，是空无一物，连一棵草也不肯落脚的。

狗尾巴草懒得为自己辩解，它也不屑跟人计较。上帝既然给了它生命，它就要好好对自己的生命负责。有人的地方，它生长。没人的角落，它生长。砖缝里、石隙间、悬崖上，甚至在海拔高达四千米以上的青藏高原，都有它的身影在忙碌。不管土地如何贫瘠，不管生存环境如何恶劣，只要有一息生机，它都会捧出一捧生命的绿来。我想，每一棵狗尾巴草，都被上帝赐予祝福了吧，那些滋养着它的星辰和雨水，是对生命最大的怜惜。不浪费这份赐予，才是对生命最大的尊重。

回头再读几千年前的那首《甫田》的歌谣，我读出狗尾巴草的骄傲。在无人耕种的土地上，它自己耕种着自己，不错过每一粒星辰，每一滴雨水，每一缕清风，每一丝阳光，从而成就生命的丰满。它自豪着呢，天地之大，维莠骄骄！维莠桀桀！

有中医给狗尾巴草恢复名誉，说它不是恶草，而是全身都带着好意的草。有人被滑膜炎折磨得疼痛难忍，中医开的方子竟是，去地里拔些狗尾巴草，捣碎，敷在疼痛处，一天两次。人遵嘱，敷上三五天，也就不疼了。有人眼睛肿了，中医指导，用狗尾巴草煎水清洗。我小时在地里割猪草羊草，被刀割破了手指，也不慌张，折根狗尾巴草，嚼碎了敷在伤口处，血便止住了。乡下孩子天生就知道哪种草能止血，哪种草能止疼，哪种野菜可吃，哪种野果子有毒，这神奇的本领，只能解释为适者生存吧。狗尾巴草更懂这个道理。你说它是恶草也好，说它是良草也罢，它都不甚在意。在它，好好活着，才是它要信守的道义和真理。

想起五六年前我在湖南，邂逅到一个小村落。小村落在一座深山里头，只有十来户人家，一律黄泥抹的墙，黄泥瓦盖的屋顶。村子里的老人们头戴斗笠，把地里的庄稼，伺候得繁茂壮实。他们养的鸡呀猫呀狗的，在家门口随便遛着弯儿。他们说着我听不懂的方言，脸上的笑容，却像剥开的新笋似的，又亮又干净。我的眼光，被他们屋顶上的一丛丛狗尾巴草吸引住了，那些狗尾巴草远看去，好似些绿色的大鸟，栖落在那里，欢快地叽叽喳喳。我站着看，笑着。他们也跟着看，笑着。这会儿，我回忆起那个小村落，还能清晰记得那些狗尾巴草的样子。它们高居在屋顶之上，绿衣飘飘，绿穗摇摇，活出了生命的尊严和超然。

资料卡

狗尾巴草

别　　名：莠、谷莠子、狗尾草等。

科　　属：禾本科。狗尾草属。

形状特征：一年生草本。秆直立或基部膝曲。圆锥花序紧密呈圆柱状，或基部稍疏离，主轴被较长柔毛。花小，绿色或褐黄到紫红。颖果长圆形，灰白色。

生长特性：喜温暖湿润气候。花、果期夏秋间。

分布区域：广布于全世界的温带和亚热带地区。

花　　语：暗恋、坚韧。

第三辑

花花在野

我的眼光满足于所见之花。我学会了聆听和欣赏，世界因此更美了。

二月蓝

我和那人来到许久没来的西园。

这里因临时被医院征用做隔离点而关闭了好几个月，听人说封禁解除了，我们第一时间赶到。两个月不见，我太惦念这里了，里面有上千种植物哩，还有众多的鸟和野鸭，不知它们过得好不好。

进园，照不见人。看来这里要恢复往日生机，还要一段适应期。植物们却按各自的秩序，红红火火地过着自己的小日子。该长叶子的，长叶子了。该开花的，开花了。想绿的绿起来。想红的红起来。想紫的紫起来。想粉的粉起来……它们热热闹闹的，把个无人活动的园子，装点得很春天了。

草木的脚步，从不会因谁慢一步，或是快一步。什么时候开花，什么时候斑斓了叶子，它们都有自己的节奏，自己的脾气。你在它们跟前，不能耍大牌，不能迟到。否则，错过一季，就得再等一年。

鸟来欢迎我们。那么多的鸟，歌喉一个赛一个动听。野鸭们成群地嬉戏在湖里，间或发出“嘎嘎”几声欢叫。我们沿着湖边一条开满迎春花的小道，走到湖中心的一座小岛上。这座小岛以前是进不来的，因为唯一通向小岛的一座桥的外面，安了扇防护大门，大门上终日落着锁，很重很重的一把大铁锁。今天不知怎么回事，大铁锁竟然开着，大门半敞着，我们也就进来了。我一边欢快地迈着小碎步，一边回头看，跟做贼似的，生怕谁突然在背后大喝一声，站住！

一进岛上，我真的吓了一跳，这是个桃花源啊。树木花草全是避世的好模样，散漫着，天真着。海棠花架着一口大锅，在煮着好颜料，一树的红沸腾起来，一树的粉沸腾起来。桃花开着家染坊，染出一枝嫣红，再染出一枝艳粉，真艳哪。有小鸟在上面啄食——咦，桃花很好吃么？柳树成林，纤柔的枝条，织成一道道绿色的帘子。树下满铺着的，全是二月蓝，如蓝色的波浪荡漾。你且想象一下吧，无数道绿帘子后面，隐约着如波似浪的蓝花朵，是怎样奇异梦幻的景象。

我有一刹那是不能言语了的，只呆呆看着眼前景象。怎么能想到呢，无意中我竟撞入这里来，遇到这如梦似幻的二月蓝。

二月蓝相传与诸葛亮有关。它本生于荒郊野外，是地地道道的野菜。诸葛亮有次在行军途中，遭遇饥荒。寒冬里，找不到吃的，唯这二月蓝生命力旺盛。当地百姓争相采食，诸葛亮见了，下令手下士兵广泛种植。后来，百姓与士兵靠它度过饥荒。人们亲切地唤它，诸葛菜。清人陈作霖赞美道：

浓青浅翠，驻马坡前无隙地。
此味能知，臣本江南一布衣。

不过也有人提出质疑，说诸葛亮种植的不是二月蓝，而是被蜀人唤作诸葛菜的蔓菁，此诸葛菜非彼诸葛菜，只是借了个名字而已，它们根本不是同一种植物。二月蓝可不管这些，它也无须借助名人效应，它靠的是它的聪慧，和一身的蓝紫，成功完成了草根的逆袭，进入大众视野，成了春天舞台上的一个名角儿。

二月蓝宜群居，众人拾柴火焰高——这个道理，它懂。它们互相鼓舞互相勉励，一起盛开吧，一起盛开吧。于是乎，绕指柔催化出一片浩荡来。它们手挽手肩并肩地，在草地上、在丛林间、在山坡下滚出一片蓝紫的海洋，腾起一阵阵迷人的雾岚，你只有赞叹和倾倒的份了。

二月蓝的花单个看去，真是柔弱，四瓣小花张开着，纺绸似的。如同油菜花的花序，一枝上总聚着好些个小花，娇娇柔柔的。它们轻柔地呼吸，轻柔地唱歌，轻柔地走路，真是轻柔得不能再轻柔了。在它们跟前，再坚硬刚强的一颗心，也会变得柔软起来了吧。

人又称它二月兰。这真是个美丽的误读啊。

资料卡

二月蓝

别　　名： 诸葛菜、二月兰、菜籽花。

科　　属： 十字花科。诸葛菜属。

形状特征： 一年或二年生草本。茎单一，直立。叶互生，具基生叶。总状花序，顶生。花蓝紫色，有时浅红色或褪成白色。裂片 4 枚。花萼筒状，紫色。种子卵形至长圆形。

生长特性： 适应性、耐寒性强，对土壤要求不高，一般园土均能生长。花期 3~5 月，果期 5~6 月。

分布区域： 我国大部分地区均有分布。

花　　语： 无私奉献、谦虚、质朴。

春在溪头荠菜花

我妈在屋门前摊了一地的绿蔬在晒。可能是晒得变形了，又因我眼神不太好，真没看清是啥。我爸说，荠菜啊。你妈种得太多了，有些来不及挑去卖就老了，开了花了，你妈就晒了留给家里的羊吃。你不晓得，羊特别喜欢吃它。

我“扑哧”乐了，我说羊当然喜欢吃它。人都爱吃，羊怎么会不喜欢？

我替羊感到幸福，它们现在这小日子过的，都拿荠菜当饱了！我小时能吃上一回荠菜，是要欢呼雀跃的呢。那会儿，荠菜是绝对的野菜，从来都是野生野长的。沟旁的草窝里，它在。河畔的茅草丛中，它在。胡桑地里，它在。麦田里，它趴在地上，和麦子靠在一起取暖，得眼尖的孩子才会发现它。早春二月，别的草还在做着冬梦呢，荠菜已萋萋。我们提着篮子到地里去寻它，那真是初春的一大景致呀，我们穿着红棉袄蓝棉裤子，好像花儿开在地里面。每回寻到一篮半篮荠菜，心里会乐得直冒泡泡。回家去，就有荠菜丸子吃了。就有荠菜烧豆腐尝了。就有荠菜羹喝了。讲究一些的人家，还会用它做馅包春卷，春天的好滋味，都在那一卷之中了。

荠菜一旦开花，立马失去它的价值，也没谁再为遇见它而心神激荡了。麦地里发现开了花的荠菜，是要被当作野草清除掉的。沟旁、河边碍不着庄稼的那一些，也就任它们在那里开着花。那些细碎的小花儿，很像白白的米粉撒落。单棵看去，并不显目，但若群居在一起，就很有些规模了。其时，菜花正燃烧着，麦苗正拔节着，它在菜花的鹅黄和麦苗的青绿反衬下，白如齑雪。

早在诗经年代，人们就知荠菜好吃，“谁谓荼苦，其甘如荠”，人们如是说。人生好滋味，“甘”是排在第一位的，人们用“甘”字来说荠菜，可见得是把荠菜当无上美味的。后来的人，延续着这种喜欢，甚至渐渐流传出“三月三，荠菜当灵丹”之说，说明荠菜不单食用价值很高，药用价值也很高。荠菜的身后，便一直拥趸无数。譬如苏东坡，春天的阡陌上一出现荠菜的影子，他就好像返老还童了——“时绕麦田求野荠”；譬如陆游，“日日思归饱蕨薇，春来荠美忽忘归”，荠菜之美味，让他在春天里掉了魂了。

我颇羡慕古人的情怀，那是真的精细与浪漫。从汉代起，就有个节日叫上巳日。这天，男男女女老老少少，都梳妆一新，出门踏青赏春。互相爱慕的青年男女，借此机会互掷野花示爱，荠菜花成了其中使用频率最高的花。到宋代，一到春天，人们的头上皆时兴佩戴荠菜花了——“三春戴荠花，桃李羞繁华”。这怕是荠菜花自己都没想到的事，它怎么就把桃李给比下去了呢？人们还采了荠菜花回家，搁在灯架上，防蚊虫飞蛾。明朝的李时珍称荠菜为“护生草”，李神医的话可是具有权威性的，荠菜因此更是受到人们的追捧。只是那些年里，人们为什么一直没有对它进行驯化，把它变成家常的菜蔬呢？这恐怕得用“情怀”二字才能解释，人们情愿护住它的野性，以便在春天，借着寻它的由头，走进大自然，做一回天真的自己吧。

这个春天，我到城外去看油菜花，邂逅到无数的野荠菜。它们站在小河边、田埂旁，秀着颀长的身子，摇着雪粉儿似的花，在风中频频点头。这景象，俨然是八百多年前辛弃疾遇到的景象。那个春天，稼轩居士走在广漠的野外，“青青的溪水旁”，一簇簇荠菜花如雪粉洒落。他发出由衷一声赞叹，“春在溪头荠菜花”。这一句直白的赞叹，胜过千言万语。你也可以换成别的什么花在溪头，比如油菜花，比如野菊花，可是都没有这荠菜花当主角来得动人。它在溪头，把春天一粒一粒收进囊中，再一粒一粒慢慢释放出来。那份细碎之美，无可替代。

资料卡

荠

别　　名： 荠菜、护生草、清明草、上巳菜、地米菜等。

科　　属： 十字花科。荠属。

形状特征： 一年生或二年生草本。茎直立。叶互生，具基生叶。总状花序，顶生及腋生，花具短花梗。花白色，花冠辐射对称，花瓣 4 枚，萼片 4 枚。角果，倒三角形。

生长特性： 生长在山坡、田边及路旁，偶有栽培。全草可入药。

分布区域： 我国各地均有分布。

花　　语： 为你献上我的全部。

一罐春水漫菜花

我很喜欢我的小城。这儿房子不算太高，也不算太密。人口不算太多，性子也都不急，道路极少出现拥堵。最重要的是，植物众多。一个小城，是养在草木葱茏中的。如果你不是太顾惜你的腿脚，就多走两步路吧，也就能走到城外去了。城外有什么？有村庄和平畴啊。平畴里什么不长啊，绿的菜蔬绿的庄稼，每一种植物都会开花。于是乎，你天天都能遇到花。有时还可以顺便拔个萝卜吃吃，当然，得经人家允许。吃一个萝卜，小事情，人家乐意着呢，笑眯眯叫你拔。一个够不？没事没事，你多拔几个带回去吃吧，人家还一个劲地劝。这是乡下人的实成。

油菜花的开放，是从一月份就着手准备的事。一月里，我走过那里，看到地里有几棵油菜，身先士卒地开了花。在肃杀的寒凉里，跟滚烫的灯盏似的，显得格外鲜明和生动。

层出不穷的油菜花，揭竿而起。它们一路奔跑起来，奔向一个叫春天的地方。某天，真的说不准是哪一天，我再出门看，天下已被油菜花占领了。城里的，城外的，包括遗落在人家墙脚根的、花坛里的，钻进砖缝中的那一些，都得到盛开的消息，齐刷刷挥舞着一簇又一簇鹅黄的花束。连我家厨房里吃剩下的半棵油菜，也义不容辞地举起一撮黄花朵，遥遥呼应着外面的一场惊天动地。我恭恭敬敬把它请进一个陶罐中，我便有了一罐春水漫菜花了。

这个时候的乡下，是淹没在菜花里的，房子是，田野是，河流是。

乡下就像一幅长长的画卷，徐徐铺展开的，全是菜花黄，气贯长虹。我隔着一段距离，远远打量着，我觉得那些油菜花是长了脚的，人家的门一打开，它们就要奔到屋里去了。我不免要替那些人家担忧，若是晚上开门出来，天上正好有个月亮，辉耀着门前那些轻歌曼舞的油菜花，他们会不会耸然而惊？巨大的美，是吓人的。

我是菜花地里长大的孩子。三四月的天，菜花黄，蝶儿忙，我们小孩子也忙，忙着追蜂捉蝶，和花们一起疯狂。清明节那天，吾乡有个风俗，要在头上簪上杨柳和菜花。我们一边唱着歌谣："清明不戴杨柳，死了变黄狗。清明不戴菜花，死了变老鸦。"一边去折柳采花，我们相信人生有轮回，相信善恶有报。最终，每个孩子头上，都戴上一顶油菜花的花环了。我们在田埂上奔跑，鼻翼处绕着的，全是油菜花浓烈的气息。真想现在的孩子，也能唱唱我们那时的歌谣，也能在油菜地里快活地奔跑。一朵油菜花里，有着人类最初的纯朴和美。

油菜在我国的栽培历史悠久，东汉服虔撰的《通俗文》中，就有"芸薹谓之胡菜"一说。那时，人们称油菜为芸薹。因它来自胡人种植之地，又称它胡菜。它先是在黄河流域播下种子，后来推广到长江流域，油菜花跟着黄遍了大江南北。自唐以来，文人的诗词歌赋中，没少涉足油菜花。我翻阅了很多，却遗憾着，再绚烂的油菜花，在那些诗文里，也仅仅是一个模糊的背影而已，一笔"菜花黄"或"菜花开"就带过去了。直到我读到乾隆写的一首《菜花》，才释然了：

> 黄萼裳裳绿叶稠，千村欣卜榨新油。
> 爱他生计资民用，不是闲花野草流。

乾隆一生写了四万多首诗，大多平平。然这首《菜花》却不同一般，是他颁给菜花的功勋奖。他的颁奖词写得多公道啊，菜花不单外貌美——有着鲜美的黄花绿叶；内在也美——可榨油供民生。哪里是些闲花野草可比得的！

油菜花是典型的十字花科，花朵簇聚在茎端，一茎上，又斜抽出多茎。未开时，一个个小花苞如同绿豆米。每一粒绿豆米里，都含着一泡黄。风轻轻一抚，一粒绿豆米就张开了嘴，吐出一朵黄来，四瓣儿，薄绸似的颤动。风再轻轻一抚，又一粒绿豆米张开了嘴。我在陶罐里养的那半棵油菜，开了十多天的花了，上面的绿豆米还没有开完，引得一只小雀儿频频到来，隔窗张望。

资料卡

油菜花

别　　名：芸薹花。

科　　属：十字花科。十字花属。

形状特征：一年生草本。叶互生，大，浓绿色。总状花序。花萼4片，黄绿色。花冠4瓣，黄色，呈十字形。果实为长角果。

生长特性：对土质没有特殊要求。通常播种繁殖，很易生长。

分布区域：中国栽培较广，以长江流域及其以南各地为最多。

花　　语：加油、无私奉献。

黄花簪满头

我第一次听说“苜蓿”之名，好是喜欢，觉得这名字好别致好风雅啊。待我见到实物，我“扑哧”笑出声来，原来是你啊。

对它，真是熟悉得不能再熟悉了。吾乡人曾大面积地播种它，做牲口饲料，做绿肥，人也食。大家都叫它娃娃头。记忆中，它和水稻是同时期的作物，这块地栽的是水稻，那块地种的就是它。它太好长了，芽一冒出来，就跟疯了似的，不消几天，满田都是绿油油的。我奶奶会去掐一些回家，清炒了给我们吃。那时食用油很紧张，炒菜是舍不得放多少油的，它偏偏又嗜油，少了油水的它，嚼在嘴里，就像嚼着马草，味道实在不咋地。我们都不爱吃。但等它开出小小的黄花，全家老少都去地里采它了，采回家腌咸菜。

那年头，谁家没几口大大的咸菜缸呢？每年秋季腌咸菜，是家庭里一桩顶顶重要的事。这也是个体力活，一般都是家里的男劳力做的。在我家，都是我爸上，我妈和我奶奶打下手。我爸卷起高高的裤腿，双脚踩在一层一层用盐码起的娃娃头上，长木桶里，很快汪起绿汪汪的盐卤。我爸的脚丫子里，也全是绿汪汪的盐卤。他还使劲地踩啊踩啊，很快热得脱了外套，额上沁出大颗的汗珠。我妈和我奶奶把踩得瓷实了的娃娃头，再一层一层，码进咸菜缸里，最后，在上面浇点盐卤，拿塑料纸封住缸口。大约一个月后，揭开缸口，哇，一股好闻的咸菜味道，扑进鼻子里。我奶奶抓几根，在亮光处晃一晃，眯着眼啧啧叹，这娃娃头腌得多好啊，黄爽爽的。

它的确黄爽爽的，就跟在金水里浸过似的。拈一根扔嘴里，又脆又鲜，好吃得很，特别下饭。我奶奶有时也拿它烧汤，我们也都喜欢吃。它能让我们吃一个冬天，再接上吃一个春天，有时甚至能坚持吃到夏天。然后，便又等来了它，我们又进入新一轮的腌咸菜食咸菜之中。

我现在十分怀疑，吾乡人称它娃娃头，是把音念歪了，该是“黄花头”的谐音。而它苜蓿的大名，吾乡人从来不知，尽管它的历史，比吾乡人要久远得多。相传它也是张骞出使西域带回来的。宋代文人梅尧臣在他的诗作《咏苜蓿》中，对这个传闻作了具体阐述：

> 苜蓿来西域，蒲萄亦既随。
> 胡人初未惜，汉使始能持。
> 宛马当求日，离宫旧种时。
> 黄花今自发，撩乱牧牛陂。

胡人起初不曾把苜蓿这种小草当回事，由着汉使千里迢迢带了回来，在离宫外大量种植，饲养汉人的好马。谁想到后来它竟疯长起来了呢，头上簪满了密密的小黄花，满山坡缤纷，喂养了汉人多少的牛和马啊。细小卑微的生命，有时，体内蕴含的力量亦是巨大的。

现在的乡下，已少有人大面积种植苜蓿了。偶尔见到一些，都是小块地长着，供人尝尝鲜。一次，我吃到一个秧草包子，味道实在不错。便好奇地打听这秧草是何物。人答，是南苜蓿啊。原来，为了把它跟后来的紫苜蓿等别的苜蓿区别开来，人在它前面加了个“南”字，似乎它跟南方的水土关系更大。事实上也是，它在江浙沪一带最为普遍。上海人叫它“草头”，这个名字取得委实太马虎了，什么草都有头哩。浙江一些地方称它金花菜，吾乡人称它黄花头，都是朴实的好名字。

资料卡

南苜蓿

别　　名：黄花头、金花菜、草头、光风草等。

科　　属：豆科。苜蓿属。

形状特征：一年生或多年生草本。羽状复叶，互生，小叶3片。总状花序腋生，有时呈头状或单生。花小，花冠黄色。紫苜蓿及其他杂交种常为紫色、堇青色、褐色等。

生长特性：耐干旱，耐冷热，产量高而质优。

分布区域：我国大部分地区均有分布。

花　　语：幸福与希望。

明眸善睐的蚕豆花

在麦苗青、菜花黄的时候，插种在地里的蚕豆，也开花了。

小时我挺怵蚕豆花的。我在地里玩着玩着，偶一扭头，唔，田埂边趴着些眼睛，眨巴眨巴的，正朝着我看。那是些蚕豆花。蚕豆花上的一对眼睛太明亮了，黑白分明着，简直可用“明眸”称之。它还长着一对蝶形的翅膀，白色底子上，描着些紫色斑纹。我老觉得它是可以飞起来的，趁我一转身的当儿。

我对着它盯视一会儿，赶紧把眼睛移开，在心里默默检点一下自己，最近有没有做什么坏事。小孩做坏事，被责罚还在其次，那良心上的不安才是最折磨人的，每每出门，害怕见人，总觉得人家的眼光异样，哦，这个小孩坏着呢。

那是些什么坏事呢？说谎，懒惰，偷东西，都算。大人们常常给我们讲一个被雷劈的故事：西山庄子上，有个青年游手好闲好吃懒做，终于坐吃山空啦，就动了歪脑子，到邻居家鸡窝里偷鸡吃。他每天一只每天一只地偷，把人家鸡窝里的鸡差不多都偷光了。邻居到处找鸡，他却睁着眼睛说瞎话，你家的鸡，被黄鼠狼叼去了，我亲眼看见的。邻居信以为真，只好自认倒霉。这天夜里，天突降大雷，大雷穿过他家的屋顶，把他劈死在床上。他藏在床底下的一堆鸡毛鸡骨头，全露了出来。大家这才知道，原来鸡是被他偷吃了。人不能做坏事啊，天老爷睁着眼睛看着哩——大人们讲到最后，这么总结道。

这个有鼻子有眼睛的故事，让我对打雷存着深深的恐惧。当蚕豆花睁着黑白分明的大眼睛看着我时，我很害怕它看穿我的秘密：一个星期前，我打碎家里一只碗，偷偷把它埋到屋后的草丛里了。我奶奶一直在找那只碗，却怎么也找不着了。我还偷拿了家里抽屉里的二分钱，去村里小商店里买了糖果吃了。

后来我有没有向我奶奶坦白这两件事，我不记得了。那日的蚕豆花，却给我留下极深的印象。在日后的成长中，我一直坚持着做诚实的人，大概也有蚕豆花的影响吧。

蚕豆相传是西汉张骞自西域引入的，它曾一度被称为胡豆。因其豆荚的形状颇似一条卧着的老蚕，北宋之后，人称它蚕豆。我好笑地这么设想着，当老蚕有幸得见蚕豆的时候，会不会发出惊讶的一声叹，哦，伙计，你干吗要模仿我呢？你又结不出茧子来。蚕豆呢，肯定会不服气地反驳，伙计，是你模仿我好不好？我结出好吃的豆子，你能吗？

眼下，蚕豆正开着花，明眸善睐着。我走过它身边，已没有小时的那种怵了。我蹲下来，大大方方与它对视着，看着看着，我就笑了起来。我听到它似乎也在笑，且颇为得意地向我炫耀，看我看我，我长得很好看是吧？

是的是的，你长得的确很好看。“蚕豆花开映女桑，方茎碧叶吐芬芳”，清人汪士慎这么夸你。瞧，你也是入得诗的。

蚕豆花入药，有止血功效。它睁眼看了那么多世间事，心里明白着呢，用它来给人治病，真正是再好不过了。

资料卡

蚕豆

别　　名：罗汉豆、胡豆、南豆、竖豆、佛豆。

科　　属：豆科。野豌豆属。

形状特征：一年生或二年生草本。茎直立，四棱，中空。羽状复叶。总状花序，腋生或单生，总花梗极短。花冠蝶形，白色具红紫色斑纹。荚果，种子扁平，略呈矩圆形或近于球形。

生长特性：为长日照作物。喜温暖湿润气候。花期3~5月，果期5~7月。

分布区域：原产欧洲地中海沿岸、亚洲西南部至北非。我国各地均有种植。

花　　语：明亮、质朴、奉献。

宛宛在野

有时对着一朵花，我会想这样一个问题，这朵花抵达我眼里，它到底历尽多少的风险，见识过多少文明的破碎和重建，才与这个世界达成默契，共生共荣？

比如一朵豌豆花。

豌豆花开在二月的料峭里。小朵的蓝紫。小朵的素白。小朵的玫红。精致，婉约，乖巧，跟个小家碧玉似的。圆润的叶子也好看，上面有着清晰的纹路，水灵灵的。长长的茎蔓，长长的卷须，更添几分楚楚。李时珍说它因苗柔弱宛宛，故得豌名。在我看来，它何止是苗，它的花，它的叶，它的蔓，它的卷须，无一处不宛宛。

吾乡人种植的农作物里，绝对少不了它。冬天，地里的麦子在沉睡，小豌豆在生长。翠绿的茎和叶子都水嫩嫩的，人拣那嫩尖儿掐下来，清炒一下，就是一道清爽无比的菜肴——清炒豌菜头了。烧肉时，吾乡人爱在肉上头衬上一撮豌菜头，端上桌，大家都抢着吃，绝对比肉要好吃。二月，草芽芽还没长出多少来呢，豌豆就不声不响地开了花，一朵独立，或两朵依偎在一起，恰似一些小粉蛾，不喧哗，不闹腾，就那么安安静静着。看到它，人的心忍不住柔柔地动一动，哦，豌豆花开了，春天不远了。

春天是真的不远了。很快的，大地绿了起来。紧接着，桃花开了，菜花开了，麦苗儿“嗖嗖嗖”地往上蹿长。小豌豆也“嗖嗖嗖”地往上蹿长，柔嫩的茎蔓，越拉越长，上面托着的小花朵越来越多，如一群跳芭蕾舞的小妙人。它们一边跳舞，一边结荚。嫩嫩的豆荚炒着吃，煮着吃，口感都极好。豆荚老了，一粒粒圆圆的豌豆，可以炒了做下酒菜。小孩子装一把，口袋里当零嘴，馋了，就扔几粒到嘴里，嚼着，咯嘣响，香味满嘴里乱窜。吾乡人还爱把它磨成粉，做出豌豆糕，做出豌豆粉条。

谁想到它是经过长途跋涉、翻山越岭才跑来的呢？它的故乡，远在地中海沿岸及中亚细亚一带。两千多年前，它在一念之间，骑上一匹骆驼，穿过一些山水、一些沙漠，穿过一些风霜、一些雨雪，一步一步，走到中原大地上。人们见了它，好生惊喜，唤它戎菽或胡豆。从此，眼里常常有它宛宛的形象在晃动，舌尖上常常有它的好滋味在缠绕。

不能不提到跟它习性、模样很近似的野豌豆。野豌豆早于它进入国人的视野，成为饱腹的食物。我有着疑惑，它是不是从野豌豆家里出走的呢？它一去经年，快忘了宗忘了本了，猛回头，依稀记起遥远的少年时光，这才跟了骆驼返回。所幸，它的家人——野豌豆一直都在。

诗经年代，野豌豆便遍地蔓生。人们唤它“薇”：

> 采薇采薇，薇亦作止。曰归曰归，岁亦莫止。靡室靡家，猃狁之故。不遑启居，猃狁之故。
>
> 采薇采薇，薇亦柔止。曰归曰归，心亦忧止。忧心烈烈，载饥载渴。我戍未定，靡使归聘。
>
> 采薇采薇，薇亦刚止。曰归曰归，岁亦阳止。王事靡盬，不遑启处。忧心孔疚，我行不来……

征战在外的士兵，饥饿难当，只好去采野豌豆充饥。一年到头，他们都在打着仗，上司说好放他们回家的，又一场战事来临，归期变得遥不可及。他们精疲力竭地采着野豌豆，眼看着野豌豆都开花了，都老了，他们还是归不得。这里的野豌豆，承载着浓烈的悲伤。

我记忆中的野豌豆，却是天趣盎然的。它们在大田里无拘无束地生长着，叶细小，排列均匀，碧绿可爱。顶端的茎蔓，如同女孩子鬓边的发丝，弯曲着，柔媚动人。花朵也小巧，像只更小更小的小粉蛾，只有一粒小豌豆那般大。吾乡人叫它苕子，除了可供猪、牛、羊食用外，就是沤绿肥。那时，每个村组，都挖有好几个大坑，拿砖砌了，用来沤绿肥所用。村人们把野豌豆连花带蔓地收上来，扔进大坑里，任雨水浸泡着，过些日子，它就是浇灌庄稼的好肥料了。那时的庄稼，很少用化肥的，都是取之于植物，用之于植物，真正绿色美好得叫人怀念。

明人于谦有次行走在春天的郊外，看到地里的麦苗青了，豆花开了，忍不住抒了一通情："杨柳阴浓水鸟啼，豆花初放麦苗齐。"这画面很春天很勃勃生机。这里的豆花，是指蚕豆花，还是指豌豆花呢？我真想问问他。或许，他把两个都夸了，那真是再好也没有了。

资料卡

豌豆

别　　名： 青豆、麦豌豆、寒豆、麦豆、雪豆、毕豆、麻累等。

科　　属： 豆（蝶形花）科。豌豆属。

形状特征： 一年生攀缘草本。叶两两对生。先端小叶变态形成卷须。花萼钟状，深5裂。花冠蛾形，淡紫色、白色、紫红或蓝紫。荚果肿胀，长椭圆形。种子圆形，青绿色。

生长特性： 喜温和湿润的气候，不耐燥热干燥。花期3~4月，果熟期5~6月。

分布区域： 我国主要分布在中部、东北部。世界上重要的栽培作物之一。

花　　语： 喜悦、优美。

采采打碗花

我在牡丹园看牡丹的时候，意外遇到一些打碗花。真是太开心了，我没想到此行会得到这额外的一份奖赏。

它是怎么躲过园林工人的眼睛，在那里安家落户的呢？兴许是它的小身子很具隐蔽性，不招人注意。即便现在开花了，能够留意到它的人，还是极少极少。人们的眼光，更多的是被各色各样的牡丹吸引住，发出热烈的惊呼，哇，牡丹太美了！打碗花一定听多了这样的欢呼声，它也不嫉恨，也不埋怨，牡丹开牡丹的，它开它的，有什么可纠结的？各过各的日子呗。

如果说牡丹是太阳，那么，打碗花就是小星星。可星星也有星星的璀璨，于是打碗花很愉快地开着它的花。花朵小小的，天真的，花瓣合生，就跟一只黏合得很好的小碗似的。原是一只粉红的小碗吧，被谁摔碎了，某个能工巧匠把它重新黏合起来，且在那黏合处，涂上了一抹素白。这只“碗”看上去就相当精致了，玲珑剔透，非常可爱。装上炒米最好了。它的花蕊，真像一捧炒米哩。

也有人称它小旋花。李时珍就曾说过：“其花不作瓣状，如军中所吹鼓子，故有旋花、鼓子花之名。”也有人称它，野喇叭花。这些称呼都很贴切，跟它的形状极吻合。吾乡人却唤它，兔耳草。这就很没道理了，兔子对它可不热衷，我家养的兔子更爱吃胡萝卜和青菜。许是它的花朵闭合的样子，像兔子的耳朵？又或是兔子在草丛间奔跑，曾不幸被它的藤蔓缠住了耳朵？由着你去想象吧。吾乡人是给不了你答案的，他们会睁着黑白分明的眼睛看着你，好笑道，兔耳草就是兔耳草啊，这有什么好说的。

印象中，它很能攀爬，挥舞着戟一样的叶片，捧着小碗般的花朵，缠在麦茎之上，爬上芦苇的头顶，盛接着日月星辰。花也特别能开，能从四月，开到八九月，甚至在十月的大地上，也能见到它的身影。吾乡人一边扯断它，一边说，这些兔耳草真讨厌啊。然他们的神情里，分明又不是真的讨厌它。对缠在芦苇上的兔耳草，他们就任由它在那个地方长着。冬天，吾乡人疏浚沟渠，挖出了很多兔耳草的根茎，白白的，一段一段的。吾乡人说，这个能吃呀。他们在衣襟上擦擦，丢一根到嘴里嚼着，说是甜的。我们小孩子纷纷效仿，捡很多，在衣襟上擦擦，丢嘴里嚼着。味道不甜也不苦，竟是说不上的。我们很快把它丢弃。然到来年的冬天，又会捡了它的根茎，丢几根到嘴里嚼嚼，觉得好玩。那时不知，在诗经年代，百姓是常常拿它充饥的。那个时候，它有个名字，叫“葍”：

我行其野，言采其葍。不思旧姻，求尔新特。成不以富，亦祇以异。

这是一个悲伤的故事：一个女人，被丈夫遗弃了。遗弃的理由非常地无情，只因他爱上了一个有钱的主。女人不得不回到她贫穷的娘家，日日靠采食野菜充饥。这日，她又来到野外，打算采些打碗花回去煮食。她无精打采地采着，想到自己的遭遇，悲从中来，她谴责着狠心的前夫，你不念旧情，只贪恋新欢，并不是因为她比我富有，而是你真真切切变了心啊。

盛下她悲切的眼泪的，是那些打碗花，它们做了她的解语花。不知她后来嫁人了没。不知她还要采多久的打碗花。

资料卡

打碗花

别　　名：兔耳草、小旋花、野喇叭花、面根藤等。

科　　属：毛茛科。芍药属。

形状特征：一年生草质藤本。茎缠绕，有时匍匐。叶互生，戟形。花单生，腋生。花瓣合生，淡紫色或淡红色，喇叭形。蒴果卵球形。

生长特性：喜温和湿润气候，也耐恶劣环境。花期4~9月。

分布区域：我国各地均有分布。

花　　语：恩赐。

野蒜花儿开

傍晚散步时，见一妇人俯身在河畔的草坪上，在挖野蒜。她边挖边可惜道，我来晚了，都被别人挖得差不多了。可我分明看见她的脚跟边，已堆了一堆儿了。我很想对她说，给我留点儿吧，我要看它开花哩。但看她那嫌少不怕多的样子，我把想说的话，咽了回去。

还在二月里，我就发现那儿冒出许多的野蒜来。心里欢喜着，像发现了一块私密的藏宝处——我要等着看野蒜花儿开的。那么多的野蒜花儿一齐开放，一定美得很。

野蒜貌不惊人，才冒出来时，瘦条条的，纤弱得很，是不大让人注意得到的。但又是极好相认的，它与别的野草区别甚大，一冒出来就是野蒜的样子，掐下它的任何部位，立马有一股浓烈的辛辣的蒜味，直冲你的鼻腔，野性十足得很。

对它，我十分熟识。四季的野味里，似乎都有它的身影在晃荡。春天，我们去挑荠菜，会顺便挖点野蒜回来。秋天，我们去摘野枣，会顺便把野枣树下的野蒜挖走。它的叶子形似韭菜，但比韭菜要狭窄得多，根却扎得很深，除了有貌似小蒜头的鳞茎外，还有长长的根须。别的野菜用手扯扯就下来了，它得借助于小锹挖。哪家做了野蒜炖咸肉，厨房里一两天都不会消去那蒜味儿，味道浓烈得很。拿它炒个鸡蛋，也是顶好吃的。

从前岁月，人们叫它“薤”。汉代的一首挽歌《薤露》，就是以它起兴，哀叹着生命的消逝：

薤上露，何易晞。
露晞明朝更复落，人死一去何时归。

是在露珠闪烁的清晨吧？园子里的野蒜茂茂密密，叶面上微波粼粼。一个人默默看着野蒜上那些碎玉般的露珠，心中满是哀愁，他想念失去的亲人了。微风吹了几吹，眼前野蒜上的露珠消散了，人生的别离，原都在仓促间啊。可是，露珠消失了明朝还会落下，人走了，却永远也回不来了。这个人不由自主反复低吟：“薤上露，何易晞。露晞明朝更复落，人死一去何时归。”人生是短暂的易逝的，唯有珍惜。

古人食野蒜，似已日常化。杜甫谪居秦州期间，生活困窘，当地朋友阮隐居对他多有帮助，于秋日的清晨，送他一筐刚挖出来还沾着露水的野蒜，共有三十束之多。这让杜甫喜不自禁，感激万分，欣然作诗《秋日阮隐居致薤三十束》相酬：

隐者柴门内，畦蔬绕舍秋。盈筐承露薤，不待致书求。
束比青刍色，圆齐玉箸头。衰年关鬲冷，味暖并无忧。

阮隐居是阮籍的后人，其人有先祖的气度和风节，隐居乡野，住柴门之中，种几畦蔬菜，过简朴日子。这几畦蔬菜里，有野蒜。杜甫是知道那些野蒜的，他好那一口蒜香，暖身又暖胃，正打算写封信去求些来，阮隐居就给送来了。温暖一个人胸腔的东西，有时，仅仅一束葱绿的野蒜和洁白的蒜头也就够了。患难见真情。

宋代张耒也曾作过一首《种薤》诗：“薤实菜中芝，仙圣之所嗜。轻身强骨干，却老卫正气……”对野蒜推崇备至。在张耒看来，野蒜可不是一般蔬菜哎，而是菜中的灵芝啊，是仙家们都爱吃的呢，能排去人体浊气，防骨质疏松，增强人的免疫力。只是随着外来蔬菜大量输入，野蒜渐渐被边缘化了，它又流落到荒野，成为野生野长的。

我顶喜欢野蒜的花。那花儿细细密密的，簇拥成一撮一撮，淡紫或粉红，十分的秀美。有一年十月，我去江西，本是去看红叶的，然去早了，山里的叶子都还没红呢，却意外撞见无数的野蒜花儿。若不是亲眼所见，你真的无法想象，一整座大山都被野蒜花儿覆盖的模样。所有的小径两侧，都是；所有的小溪两旁，都是；许久没人行走的山路上，均铺着野蒜花儿。抬眼处，是它。低头处，仍是它。一团又一团淡紫的轻烟袅娜飘拂，你宛若踏入仙境，恍兮惚兮。当地有向导陪我一起进山，他万分遗憾地对我说，这次你是看不到红叶的了，要再等上一个月呢。我微笑，在心里面庆幸得不行，幸好我来早了，遇到这么多的野蒜花儿啊。

我很怀念那满山的野蒜花儿，不知何日可以再度相逢。

资料卡

野蒜

别　　名：薤、薤白、贼蒜、野小蒜、野葱、细韭等。

科　　属：葱科。葱属。

形状特征：多年生草木。鳞茎近球形。叶基生，叶片线形。伞形花序，顶生，密而多花。花粉红色或淡紫色。

生长特性：适应性广，生长于山坡、草丛中。花期 6~11 月。

分布区域：我国大部分地区均有分布。俄罗斯、日本、朝鲜也有分布。

花　　语：精力充沛。

离离幽草自成丛

春天一道时令菜——凉拌马兰头，唤醒了多少舌尖上的美意啊。也有人用马兰头做馅，蒸出各种美食来。所以一到春天，就有人提篮出城，弯腰在沟畔、渠旁，寻找马兰头。

春食马兰头，古已有之。“离离幽草自成丛，过眼儿童采撷空。不知马兰入晨俎，何似燕麦摇春风。”南宋词人陆游，是食野菜的行家里手，味道鲜美的马兰头，自然也是他的心头好。可儿童们懵懂无知呀，他们看见那些蓬蓬生长的马兰头，只当它是鲜嫩的野草，好替家里的牛羊马高兴啊，一通乱采，回家喂牛喂羊喂马去了，留下大词人在那儿笑着叹息，哎呀，可惜了的，这可是入得菜肴的美味哟。

明人王磐的《野菜谱》中也收录了它，称它为“马拦头”。并记载了歌谣一则：“马拦头，拦路生，我为拔之容马行。只恐救荒人出城，骑马直到破柴荆。”这歌谣很有意思，它讲述了一个完整的故事：春天闹饥荒了，朝廷派出赈灾的人，到访蓬门荆户。那些人骑着马，“嘚嘚嘚”地奔向目的地。他们行走在乡野之中，路边的马兰头生长得蓬勃旺盛，鲜嫩美好的滋味，勾引得马儿埋头贪吃，走不了路了。这画面真是要多美有多美，淡化了饥荒的悲凉。

清人袁枚在《随园诗话补遗》中，也录了一则逸事，对“马拦头”作出新的阐释，它不仅留马，还留人了，有了“惜别挽留”的好意：

> 汪研香司马摄上海县篆，临去，同官饯别江浒。村童以马拦头献。某守备赋诗云：“欲识村童攀恋意，村童争献马拦头。”马拦头者，野菜名。京师所谓“十家香”也。用之赠行篇，便尔有情。

这个故事有情有义，很动人。为官方正，自得民心。孩童尤其纯真，他眼里的好，才真的是好。

只是遗憾着，少有人提及马兰的花。倘若捧一束马兰花献给自己热爱和尊崇的人，会如何呢?

从前我的乡下，遍地都是马兰，我的乡人们却从未动过吃它的念头。啊，他们简直对它视而不见。一条叫方塘河的大河横穿整个村庄，河的两岸，离离幽草自成丛，也没个谁去管它们。其中，就有众多的马兰。马兰是怎么长出来的，没人知道。直到它开花了，一朵一朵小小的紫，在微风朗日中鲜亮明丽着。众人这才发现，唔，这里长了这么多的野菊花啊。

那时，我们不知它有大名叫马兰，我们只唤它野菊花。它的花朵也好玩，看上去是一朵小紫，其实，是由若干朵组成的。中央小花金黄金黄的，数朵聚成一撮儿，欢欢实实的，像燃着的小火堆。边缘小花淡紫色，舌状，似围着“小火堆”跳舞的一些紫衣小人。它的花期也长，一年里总有大半年都在开着花。我们去上学，沿着河边走，采一把带去学校，搁在课桌上。我们放学，再沿着河边走，采一把带回家，插在家神柜上。家里墙上贴着张仕女图，上面有仕女换高高的发髻，发髻上插满野菊花。我姐就把我的头发，也编成跟画上仕女一样的，在上面插满马兰花。我顶着这样的头跑出去，我的乡人们看稀奇一样的，停下来看我，啧啧笑着说，这小丫头鬼精鬼精的，这满头的野菊花插的!

我长大后，第一次离家外出求学，半年多不曾回家。那段日子，最想念的，竟是方塘河畔的马兰花。更深人静时，我写下这样的诗句：

今晚我很想很想故乡
想故乡便坐下来画故乡
画故乡的烟囱和小院
画故乡的田埂和小径
画故乡的河流和野菊花
微雨中
秀雅温柔的模样

资料卡

马兰

别　　名： 马兰头、路边菊、田边菊、鸡儿肠等。
科　　属： 菊科。马兰属。
形状特征： 多年生草木。茎直立。叶互生。头状花序，单生枝端并排列成疏伞房状。花冠辐射对称。边花舌状，紫色；内花管状，黄色。
生长特性： 适应性广，对环境要求不高。城镇的草丛、树下、路边、河畔均可生长。花期 5~11 月。
分布区域： 广泛分布于亚洲南部及东部。
花　　语： 爱的使者、宿世的情人。

白茅时光

冬至日那天，散步至郊外一条河畔，很意外地看到地上有烧过野火的痕迹。是茅草吧，我暗想。蹲下身子细细察看那些烧焦处，不出我所料，果然都是些茅草的根。心里一喜，来年春天，我一定要到这里来拔茅针。我已好多年未吃过这自然的馈赠了。

苏北里下河一带，有冬天烧野火的习俗。挑个大晴天，农人们把沟畔、河旁的野草点燃了，一任它们燃烧成灰。待春回大地，那灰烬里，定会冒出更蓬勃的草芽来。所谓"野火烧不尽，春风吹又生"，其实饱含着农人的智慧的：草木灰是天然的好肥料，这是其一；其二，可减少病虫害。一把野火，把蛰伏在草丛里越冬的虫子，一网打尽。

这燃烧的野草里，数量最多最庞大的，一定是茅草。茅草冬枯春荣，是乡野里生命力最顽强的一种草了。春天，它们齐刷刷冒出芽来，"布地如针，俗谓之茅针"。沟畔、河旁，整日里便都晃动着我们这些孩子的身影了，我们拔呀拔呀拔茅针，拔了一把又一把，肚子装满了，裤兜装满了，帽子装满了。实在没处装了，就脱下外套给兜着。茅针的幼苞里，裹着又白又嫩的穰，软乎乎甜滋滋的，这天赐的零嘴儿，没有一个孩子不爱的。

那时不知，远在诗经年代，这"零嘴儿"就遍地密布着，且成就了一段爱情：

静女其娈，贻我彤管。彤管有炜，说怿女美。

自牧归荑，洵美且异。匪女之为美，美人之贻。

一夜春风，吹绿大地。放牧的姑娘，在草地上看到一地的茅针。她想到她的心上人了，高兴地拔了一大捧，用红丝带系着，送给他。收到姑娘馈赠的男子，真是喜出望外啊，他一边幸福地剥着茅针吃，一边乐滋滋赞美道，哎呀，这茅针看着多么明亮啊，好姑娘你是多么叫人愉悦啊。这茅针的穰多么美味啊。哦，不不，不是它有多美味，实则是因为，它是好姑娘你赠给我的啊。

这样的民间爱恋，真真叫人向往得很，它纯朴如茅草一样的，野生野长着，自有着它的迷人和芳香。

也不过三五日，茅针见老了，不能吃了，幼苞成穗。再几日，穗粒炸开，就是一枝枝白茸茸的茅花了。《诗经》里拿这样的茅花，来比喻年轻的姑娘："出其闉阇，有女如荼。"城门口，年轻的姑娘扎堆儿走着，多像一片纯洁的茅花在飘啊，真叫人眼花缭乱呢。然处在恋爱中的男子，还是在无数枝"茅花"中，一眼就找到了他的那一枝："虽则如荼，匪我思且。缟衣茹藘，聊可与娱。"那个穿着素衣扎着红腰带的姑娘，才是我想念的人啊，她看起来真叫我欢喜啊。这茅花般的爱情，每一回读到，都令我感动不已神往不已。

茅草狭长的叶片是随着茅花的盛开而抽长起来的。李时珍语："茅叶如矛，故谓之茅"。它也的确有几分古兵器矛的性情，看似柔软，实则锋利坚韧得很，是绵里藏针的。你一个不小心，就能被它划破手。或许是它的这种柔中带刚的性子，才能更抵得住风雨侵蚀吧，人们拿它捆扎东西，拿它盖房。生活中，处处遍布它的痕迹，一代一代的，它成功拴住了多少的爱恋和烟火啊：

野有死麕，白茅包之。有女怀春，吉士诱之。

林有朴樕，野有死鹿。白茅纯束，有女如玉。

莽莽苍苍的天空下，风吹过成片的茅草，时不时可见野獐和野鹿飞奔的影子。擅射的年轻猎手一箭射去，一片茅草陡地颤动了一下。猎手眉开眼笑跑过去，捡起他的战利品。他第一个想到的是，要把这野鹿送给心爱的姑娘。他果真这么做了，顺手扯一把茅草，把野鹿捆捆好。这一捆，也把姑娘的心给捆上了，快快乐乐地跟着他住到茅草房里，生儿育女去了。

我小时，家家都住茅草房的。每到冬闲，我们孩子都领了任务，要去割茅子，回家修缮屋顶。对，吾乡人唤茅草为茅子。拔几根茅子来捆一捆，他们吩咐。摘把菜，可以拿茅子捆；收割好的庄稼，可以拿茅子捆；拾些柴火，可以拿茅子捆；河里捕上鱼来，顺手在岸边扯几根茅子，穿过鱼腮帮，提着回家。后边跟着摇头摆尾的狗，那尾巴，摇得跟风吹茅花似的……

想想那时的生活场景，真是朴素绵长得很，人们在茅草屋下吃饭、做事，在茅草屋里婚丧嫁娶，无物不相亲，一派诗经年代的遗风。当时身在其中，并不自觉。现在回头去看，那些与茅草相亲的时光，真正叫人怀念得有些心疼了。

我在春天的时候，如愿在郊外的河畔拔到了茅针。当时河岸边除了我，没看到别的人。风吹得寂寂的，鸟叫得寂寂的，我拔了好多茅针。那日的天空，泛着童年的色彩，仿佛专为我一人而天真着。

资料卡

白茅

别　　名：茅子、茅、茅草等。

科　　属：禾本科。白茅属。

形状特征：多年生草本。具粗壮的长根状茎。秆直立。叶鞘聚集于秆基。分蘖叶片狭长。圆锥花序稠密，成小穗状，上面附着丝状柔毛。颖果椭圆形。

生长特性：适应性强，耐荫、耐瘠薄和干旱，穿透力和断节再生能力强。花期4~6月。

分布区域：我国绝大部分地区均有生长。

花　　语：骄傲、单纯。

幡幡瓠叶

瓠子是长在猪圈旁的；丝瓜是长在厨房后的；南瓜是长在草垛前的；葵花是排在屋门口的。还有紫茄、胡椒、番茄、金针菇等的，都各有各的地盘，这是我奶奶给它们分配好的。

每年，我们家屋前屋后都是这些植物们的竞技场。它们起初也不过是柔弱的一小株，长着长着，各自的本领就显露出来，在暗地里无声地较量着。瓠子、丝瓜、南瓜都擅长攀爬，它们不负责任地把藤蔓牵得到处都是。葵花擅长耍杂技，顶着个大花盘，朝着太阳引吭高歌，很骄傲很自得。紫茄、胡椒、番茄们也憋着一口气，它们没有长长的藤蔓，没有大花盘，可它们有的是积沙成塔的干劲和狠劲，花一朵一朵开，果实一个一个结，累累的，层出不穷的。夏天太好了，我们家天天吃清蒸紫茄、胡椒炒金针菇、丝瓜炒青豆和番茄蛋汤，基本都是不花钱的。

丝瓜和南瓜都开黄花，在厨房顶上开着，在草垛子上开着。瓠子开的花却是白的，软乎乎的，水盈盈的。它的藤蔓和茎叶把整个猪圈都给兜住了，猪们就住在瓠子花下。我们孩子天天去喂猪，不免对瓠子多看上几眼。它的叶片形似小蒲扇。茎蔓婉约别致，上面附着些小茸毛，在天光下粒粒可见。花朵是立在细长的茎上的，如穿着一件白舞裙的小舞女，踮着脚尖，舞姿翩翩。白天它们多半是半开半合着，犹抱琵琶半遮面。到傍晚，它们听到谁的召唤似的，一下子全都探出脸来，脸庞白得酷似明月。那会儿，晚风拂着清凉，我们一边喂猪，一边看花，心情很愉快，觉得一切都好，说不上的好。

那时不知，瓠子老早老早就在我们居住的这块大地上，这么开着花的。它被人们当作蔬菜瓜果种植，成了尘世烟火中极重要的一员，陪伴过不晓得多少人类的晨昏，还被唱进了歌谣里：

幡幡瓠叶，采之亨之。君子有酒，酌言尝之。

后来，西汉有个叫氾胜之的农学家，指导陕西关中一带的老百姓们耕种，写了一本农书，里面专门提到如何种瓠：

种瓠法，以三月耕良田十亩。作区方深一尺。以杵筑之，令可居泽。相去一步。区种四实。蚕矢一斗，与土粪合。浇之，水二升；所干处，复浇之。著三实，以马箠嗀其心，勿令蔓延；多实，实细。以稿荐其下，无令亲土多疮瘢。度可作瓢，以手摩其实，从蒂至底，去其毛，不复长，且厚。八月微霜下，收取。

……

从怎么选地，怎么挖坑，怎么搭爬藤架子，怎么施肥、浇水，怎么令其牵藤扯蔓、多结果实，到怎么从中挑选出作瓢用的，什么时候摘取等等，他都极其认真地一一细说。

我奶奶种瓠子是没有这么多讲究的。春天，她在猪圈后随手丢下几颗瓠子的种子，就任由它自己做主去了。它爱长什么样就长什么样，爱开多少花就开多少花，爱结多少果就结多少果。果实有大的，有小的，有胖的，有瘦的，也随它去。这便完全自由了，它高高兴兴放开手脚去长，爬上猪圈，又从猪圈上垂挂下来。猪圈不高，我们小孩子不用踮起脚尖，就能够得到它的顶。我奶奶有时在做饭时会吩咐，去，摘一个瓠子下来。我们便跑去猪圈旁，伸手到猪圈顶上，挑一个肚大腰圆的摘下来。嫩瓠子青皮白瓤，可以炒着吃，然味道过于清淡了，并不讨我们欢喜。我们更喜欢吃丝瓜和茄子什么的。很多的瓠子便任由它们躺在猪圈上，垂挂在藤蔓上，慢慢老去。

秋风中，老去的瓠子色泽变黄，外壳变硬，伸手敲它，有“嗡嗡”的回声。我奶奶会挑些形状好看的，个儿大的，摘下来。一劈两半，掏空，用磨砂布里里外外摩挲几回，就是我们日常生活中少不了的器物——瓢了。我们在水缸里放一只。米缸里放一只。粮仓里放一只。小孩子嘛，人手一只，装零食用。炒把蚕豆炒把葵花子的，都拿瓢装了，捧着它，走东家逛西家的。用坏了也没关系，家里多着呢，且年年都有新的一蓬冒出来，那藤上又会挂着新的瓠子了。

我奶奶离世后，老家已好多年不种瓠子了。今春我在露台上种植花草时，也不知哪根神经突然动了动，我想种一蓬瓠子了。多方寻找，终找得种子来。三月末丢下种子，四月里冒芽，五月里抽茎长叶、练习爬藤，它终一寸一寸，占领下我的大半个露台。六月的一天清晨，我在它幡幡的叶间，惊喜地看到小指头一般竖着的花苞苞。再一天，花开了，五瓣，像极揉皱的白棉布。记忆里的瓠子花，就这样，一朵一朵与我重逢。

想起一则发生在战国时期的趣事来。名家学派的开山鼻祖惠子，得魏王相赠的一颗瓠瓜种子，种下后，竟结出一个重达五石（春秋战国时期，一石相当于今天的 31 公斤）的大瓠子。这么大个瓠子让惠子好为难，他不晓得拿它做什么用，就跑去问好朋友庄子：

以盛水浆，其坚不能自举也。剖之以为瓢，则瓠落无所容。非不呺然大也，吾为其无用而掊之。

哎呀，用它盛水嘛，它的坚硬程度经不起提举。把它剖开来做瓢用嘛，它又太过平浅，无可容之物。不是它不够大啊，实在是它对我来说没有用，所以我决定把它砸了。

庄子一听，乐了，打了一通比方后，给他提了个建议：

今子有五石之瓠，何不虑以为大樽，而浮于江湖，而忧其瓠落无所容？则夫子犹有蓬之心也夫！”

你既然得了五石重的一个瓠子，为什么不考虑一下，用它作腰舟而浮游于江湖呢，那样的话，你还要担心它太过平浅无可容之物么？哎，你的心还是沦于肤浅做不到通达啊。

众所周知，这两个人是常常要打打舌战的，一个主张有用论，一个主张无用论。这次惠子拿大瓠子来暗讽庄子学说的无用，结果，庄子大开大合，稳稳地赢了他。我却认真想着，果真有能结出 300 斤重的大瓠子吗？要是我得了它，我就用来装花。那么大一个容器，得装下多少花才好呢？

拥有一蓬瓠子，实在是件很好玩很幸福的事情。

资料卡

瓠子

别　　名： 瓠瓜、扁蒲、天瓜、夜开花等。

科　　属： 葫芦科。葫芦属。

形状特征： 一年生蔓性草本。分枝性强。叶片呈心脏形，上面有茸毛。花为雌雄同株，花大，白色，多在夜间以及阳光微弱的傍晚或清晨开放。果实为瓠果。有长棒形、长筒形、短筒形、扁圆形或束腰形状。

生长特性： 喜温。不耐涝，不耐干旱。花果期 6~10 月。

分布区域： 我国各地均有栽培。亦广泛栽培于世界热带到温带地区。

花　　语： 纯洁。

野胡萝卜的智慧

野萝卜花开在无人打扰的校园里。

长长的暑假，让憋了一学期之久的野草野花们，得以透口气了，它们全都溜出门撒欢儿了。足迹无所不至，教室前后的草地上，池塘旁，操场边，宿舍楼前的小径上，都有它们的身影在晃荡。甚至有狗尾巴草，摇摇摆摆跳上了饭堂的窗台，在上面放声高歌，绿意婆娑。

我实在很喜欢到这样的校园里去走走啊，如同走亲访友一般。冷不丁的，就能碰到一丛野花在狂欢。比如，野胡萝卜花。

明代植物图谱《救荒本草》中，是这么介绍野胡萝卜的：

> 野胡萝卜，生荒野中。苗叶似家胡萝卜，但细小，叶间攒生茎叉。梢头开小白花，众花攒开如伞盖状，比蛇床子花头又大，结子比蛇床亦大。其根比家胡萝卜尤细小，味甘。

胡萝卜是元朝才来到我国的。这野胡萝卜应该是趁人不注意，夹杂在家胡萝卜里，跟着来了。它也不自卑，也不拿自己当外人，一来就忙着开疆拓土，招兵买马，一年一年的，终于打下属于它的江山。在江浙一带，你随便去野外走走，想要不碰到它都难。

我小时没少吃过凉拌野胡萝卜缨。那时家家贫穷，有限的粮食是要搭配些野菜，才能喂饱一家人的。野胡萝卜是上等野菜，放学路上，每个孩子都两眼灼灼地盯着地里看，在哪里发现了鲜嫩的野胡萝卜，心会激动得扑扑乱跳的，赶紧回家去，提了篮子悄悄来采。凉拌野胡萝卜缨做法简单：把野胡萝卜连叶带茎地洗净，切碎，拿盐渍一渍，再滴上两滴香油，就是非常爽口的一道菜肴。我奶奶每次都会拌上一大盆端上桌，最后吃得一点儿也不剩。多年后，我讲这段往事给那人听，那人心疼地抱了抱我，说，你小时多苦啊，吃那种东西。我笑了，那时还真没觉得苦，只觉得野萝卜缨非常好吃哩。

还是看看寂静校园里的这些野胡萝卜吧，它们没人吃，一径成长起来，一丛一丛的，精神抖擞。样貌也是出挑的，高高的个头，擎着足足有圆盘子那么大的白花，“硕大且卷”了。在众多的野草里，你一眼就能看到它。它非常地阔气豪爽，大包大揽，把风揽进怀里，把阳光揽进怀里，把些小昆虫也揽进怀里。小昆虫们似乎特别喜欢躺在它的花盘子上玩耍，小蜂、蚂蚁、瓢虫、蝶蛾，甚至连苍蝇也来了，它一概敞开怀抱迎接，好吃好喝地招待着。它真有大当家的做派，其他的野花野草，都像些小跟班了。

细看野胡萝卜的花，是相当考究的呢，仿佛巧手用钩针钩出的蕾丝。花型看似不复杂，也是五瓣组成，可胜在多。密密麻麻的小花，簇成一个伞状花序。这一个个伞状花序，再簇成一个更大的伞状花序。昆虫们飞进去，怕是也要晕了头了，哎呀，这么多的“房间”呀。它们从这间，窜到那间，一边窜着，一边采食着花蜜，好不快活。野胡萝卜任由它们窜来窜去，暗自在窃笑，你们这些小东西呀，都在免费替我传授花粉，帮我开疆拓土呢。

小昆虫们大概没想到吧，天下根本没有免费的午餐，它们在替野胡萝卜打着工的。又或许，小昆虫们是知道真相的，但它们心甘情愿着，野胡萝卜的家里天天有好吃好喝提供着，它们何乐而不为？给予，即是得到——野胡萝卜的智慧，是很耐人寻味的呢。

资料卡

野胡萝卜

别　　名：鹤虱草、寸金草、山萝卜等。

科　　属：伞形科。胡萝卜属。

形状特征：二年生草本。茎单生，全体有白色粗硬毛。叶互生，羽状深裂。复伞形花序，花冠辐射对称，花瓣5枚。通常白色，有时带淡红色。总苞有多个苞片，呈叶状。果实圆卵形，棱上有白色刺毛。

生长特性：为半耐寒性植物。根系发达。花期5~8月。

分布区域：我国大部分地区有分布。

花　　语：惹人怜爱的心。

芳心插

在西溪公园，遇到一些开黄花的植物，好似一些黄百合。跟我一道闲逛的朋友说，这是忘忧草。我点头，我说我认识它，不单认识，我小时还常吃它。

还是叫它金针姑吧，虽然它还有个更文艺的名字——萱草。但金针姑给我更温暖的感觉，好像一个拿着金针的姑娘，随时随刻准备替人缝补什么。你知道，我们的人生难免磕磕绊绊，总有些裂口在的，需要缝缝补补。

何况，我奶奶生前一直这么叫它。我奶奶在这个世上活了 88 年，几乎就与它相伴了 88 年。

我家屋前，是一条东西横亘的大道。大道朝着我家的这侧划开一条渠沟，另一侧是农田。渠沟作引水用，稻田里用水多，到夏天，那条渠沟里的水，就少有断流的。我奶奶在渠沟的这一侧，栽种了很多瓜果蔬菜，南瓜呀丝瓜呀扁豆呀葵花呀，还有金针姑。

那时，我对金针姑真没多少特别关注，乡下的花草实在太多了，能诱惑到我们小孩子的，除非它特别香特别甜，要不就是色彩特别艳丽。比如野蔷薇，一看到它开花，不不，是闻到——它一开花，空中那股子甜香捂也捂不住。我们一闻到香，立马就跑了过去，顾不得枝条上的刺，一定要把它采到手。金针姑太文静了，花开时，安安静静的一朵朵柠檬黄，待在花茎上。浅浅淡淡的，像个听话的小丫环，侍立在那里，随时准备替主人拿取东西。我们也不去打扰它，只当它是一般农作物。

我奶奶在露水瀼瀼的清晨，采下那些花朵来，放在匾子里晒。花朵很快蔫了，皱缩成黑褐色的小条条。我奶奶把它们收进一个白色的棉布袋子里，家里哪天要改善伙食了，她就取出一些来，放水里泡泡。泡好的金针姑，和韭菜一起炒，或是和肉一起烧，吃起来又韧又香，我们都爱吃。想想那些日子，还真叫奢侈啊，吃了那么多金针姑的花。

那时我根本不知道，它是鼎鼎大名的萱草。诗经年代，它已在人家的堂前屋后长着了。一首《伯兮》，让它染上浓厚的相思滋味：

伯兮朅兮，邦之桀兮。伯也执殳，为王前驱。
自伯之东，首如飞蓬。岂无膏沐？谁适为容！
其雨其雨，杲杲出日。愿言思伯，甘心首疾。
焉得谖草？言树之背。愿言思伯。使我心痗。

诗里的女人非常忧伤，他英俊神武的丈夫被征去服兵役了，上了战场，冲在最前线。她在家里日思夜想，想得无心梳妆打扮，一任自己发丝蓬乱着。是啊，他不在，她打扮了给谁看呢。下雨天她想他，出太阳了她想他，想得心口疼头也疼。天哪，要怎样才能安慰这样一颗相思的心啊，只有去摘些萱草来了。萱草在哪里啊？它们就栽在屋后头呢。每朵花都是我对你的思念啊，我已病恹恹的了，亲爱的人，你何时才能归？

哎，真不知她的那个人，后来归来了没。萱草自此后，被人们赋予忘忧的期许。别离的爱人，在外的游子，失意落魄的文人……每每都要对着萱草一抒情怀。被亲兄长打压的曹植，有次散步时遇到萱草，随口吟出："黄花开养性，绿叶正依笼。"再多的失意不甘，对着一丛萱草花，也慢慢平复了吧？白居易也曾有诗云："杜康能散闷，萱草解忘忧"，多少人生不平事，在有酒有萱草花的时候，散了去吧。人的情感太满了，会憋得很难受的，有时的确需要一个载体。而萱草，适时地成了这样一个载体。

很喜欢苏东坡笔下的萱草："萱草虽微花，孤秀能自拔。亭亭乱叶中，一一芳心插。"这里的"微"是不能理解为微小的，应该解释成微不足道吧。就像我小时候，是从不曾把它的花当回事的。可是，它却把芳心一个一个，盛着，端给我们看。

资料卡

萱草

别　　名： 忘忧草、黄花菜，金针菜、鹿葱、川草花、忘郁、丹棘等。

科　　属： 百合科。萱草属。

形状特征： 多年生草本。叶基生成丛，条状披针形。圆锥花序顶生，有花 6 ~ 12 朵，漏斗形。花被 6 片，开展，向外反卷，边缘稍作波状。橘黄色。蒴果，椭圆形。

生长特性： 耐寒，对土壤适应性强。喜湿润，也耐旱。喜阳光，又耐半荫。朝开夕落。花果期 5~9 月。

分布区域： 中国、西伯利亚、日本和东南亚均有分布。

花　　语： 放下忧愁、爱的忘却。

有蒲在泽

去饭店，食一道炒菜，白白的一段段根茎，脆脆的，甘如鲜笋。寻问，这什么菜？答曰，蒲草的嫩芽。我很惊奇了，哦，蒲草也这么好吃？

从前我怎么没食过？从前那么多蒲草哎，想来吾乡人错过了多少美味而不自知啊。他们不食马兰头，不食枸杞头，不食蒲公英，不食蓟。蒲也能吃？他们若听说了，一定会很吃惊的。他们唤它蒲，亲近中带着亲昵，蒲呀——他们这么说，语调轻轻上扬。去，拔点蒲和苦艾回来插。那是端午节，家里大人这么吩咐小孩子。

为什么过端午要插蒲和艾呢？小孩子并不明白，也从不曾想着去搞明白。小孩子觉得这事很好玩，便很愿意很高兴地去做了。只要一得指令，就如撒开蹄子奔跑的小马驹，很快就奔到了长蒲长苇长艾的池塘边。

蒲草是一定和芦苇、苦艾一起生长的，也一定是长在池塘边的。这没有什么可奇怪的，乡村物事都有着固定的次序，李家住在李家庄，丁家住在丁家庄，麻子老三和三头牛住在一起，瞎子奶奶屋门前长着一棵歪脖子枣树。要去寻野蔷薇，就到李二家的屋后头去。要吃桑树果，就跑到三中沟去，那里长了两棵很高很高的桑树……在孩子的眼里，天地生来就是这般模样，一切的存在都是天经地义的。我们采得满捧的蒲和艾，把家里门上、窗上全都插上了。最后，连羊圈的顶上也给插上了。羊伸头去吃蒲草，苦艾羊不吃，估计羊嫌苦艾的气味苦。蒲草不同，蒲草散发出一股清香味。

蒲草是什么时候萌生出来的呢？我们并不关心。总之，春天唤醒了别的植物，也唤醒了它。它绿胳膊伸着，绿腿踢着，茸茸的，叶子像小孩的头发，疯疯地长，很快就可以辫出长长的小辫子了。还有那些苇，那些艾，不过十天半个月的，荒凉衰败的池塘，就被蓬蓬的绿灌满。一池塘的绿，是很出挑的呢，我们的目光，越过一片菜地，就能瞭得见。我们很爱去塘边玩了，折些苇做苇笛，呜啦呜啦地吹。再采些蒲草，编些小玩意，比如编草戒指呀编小花篮呀，就看各自的心思巧不巧了。蒲草又绵软又纤长，又不容易折断，脾气实在是好，随便我们怎么玩它。

初夏它开花，花密集在一枝枝穗上，细如米粉。我们焦急地等着蒲棒结出来。好在这个等待过程并不漫长，某天我们再去池塘边，一枝枝蒲棒，已竖在那儿等着我们了。像待点的橘色蜡烛。我们比赛着谁采得多。采回去做什么呢？点燃呀，晚上可以拿它驱蚊虫哩。童年的每个夏天，都是蒲草的夏天。

蒲草老了，轮到大人们"玩"它了，他们收割它，编些日常用品。家里冬天床上铺的席子，是蒲草的。脚上穿的毛窝儿，是蒲草和茅花混杂在一起编出来的。大人还编些蒲草筐子，放针头线脑破布头和小孩子的零食什么的。再手巧一些的，会编蒲草帽子、蒲草扇子和蒲团。

蒲草这种既绵软又坚韧的性子，很适合拿来作爱情宣言。以前读《诗经》中的《泽陂》篇，我不大明白为什么要把一场刻骨的相思，放到长着蒲草的池塘边：

彼泽之陂，有蒲与荷。有美一人，伤如之何？寤寐无为，涕泗滂沱。

彼泽之陂，有蒲与蕳。有美一人，硕大且卷。寤寐无为，中心悁悁。

彼泽之陂，有蒲菡萏。有美一人，硕大且俨。寤寐无为，辗转伏枕。

诗里反反复复强调的，都是那池塘边有“蒲”。她其实是在深情告白啊，亲爱的人啊，我对你的情意，就像这青青的蒲草，又绵长又坚韧啊。好可惜，她只能偷偷地隐喻地宣着誓，她暗恋着的那个人却听不到。

乐府诗《古诗为焦仲卿妻作》中的刘兰芝，立的爱情誓言就比这个姑娘直白得多了：

君当作磐石，妾当作蒲苇。蒲苇纫如丝，磐石无转移。

在这里，蒲草见证了最伟大的爱情，纫如丝，纫如丝。哪怕香消玉殒，也绝不妥协。

资料卡

蒲草

别　　名： 水烛、水蜡烛、香蒲、蒲棒草等。

科　　属： 香蒲科。香蒲属。

形状特征： 多年生草本。茎直立，不分枝。叶互生，线形。雌雄异花，同株。穗状花序，顶生。雄花在上，花小，黄绿色。雌花在下，花小，褐色。果实长圆形，聚集为棒状。

生长特性： 生于河湖和池塘中。

分布区域： 我国大部分地区均有分布。

花　　语： 卑微、坚贞。

芝麻开花

夏天的时候，我在花桥小住了些日子，越来越喜欢这个小镇了。它是典型的江南水乡，境内河浜纵横，塘池星罗棋布。史上有名的吴淞江，如曼妙女子，甩着水袖，施施然从它门前走过。水的润泽，使得这里的植被尤显丰茂，处处都是青翠苍绿的景象，很是养眼养心。我在黄昏时出门散步，踩在那些绿里头，走着走着，就走到一片水边了。走多了，有了属于我的美妙去处，隔两天必奔着那里去。那是零星的几块农田，傍在弯弯的河道旁。农田边长着丝瓜、南瓜、扁豆、豇豆，还有芝麻。我很意外于那些芝麻，好些年不见了啊，乍见之下，如遇故人。

我奶奶爱长芝麻。门口有块黄豆地，我奶奶在黄豆地的边沿上，种上一行芝麻。我奶奶是怎么把它种下的，我们不甚在意。它是怎么出芽的，我们不甚在意。它是怎么抽茎长叶的，我们也不甚在意。直到它开花了，我们知道了，唔，那里长着芝麻呢。心里当然是欢喜的，过年时，又有芝麻糖和芝麻汤圆可吃了。但也仅仅是欢喜了一下，并不去操心那些芝麻花会产出多少芝麻来。我们还是玩着我们的，芝麻只管开着它的花，一节一节，顺着笔直的茎秆，从下往上，一路攀升，一副有为青年发愤图强的好模样。

收获芝麻一般是在晴朗的秋日。我奶奶在地上摊开一大块塑料布，把小心拔出的芝麻茎株堆放在上面。每隔几个时辰，我奶奶就蹲下去翻晒一下，并轻轻抖动它们。如是数日，芝麻纷纷挣脱荚果。我奶奶拿簸箕装了，反复地颠啊簸的，去掉里面的渣土杂质，再摊在匾子里晒。她的满头白发，在日头下闪闪发光，如雪如银。

冬天的时候，我奶奶取出些芝麻去油坊里，磨得麻油一瓶，做凉拌菜时，滴上一两滴，那菜就香得不得了，我们吃得杯盘见底。现在想来，吃到我们嘴里的芝麻，得经过多么漫长的辛苦啊，播种是辛苦。花开是辛苦。结荚是辛苦。收获它，也是辛苦。我很想对我奶奶说声感谢，却不能够了。她已走了十五年了。

一代一代，多少种植过芝麻的人，在这个天地间都曾认真地存活过，他们顺着四时次序，经营着那个叫日子的事物，很虔诚地酿造着那一口一口的芝麻香来滋养它，“知君秋晚事，白帻刈胡麻”——到秋天了，该收获芝麻了。

芝麻是汉时经西域传入我国的，时人唤它胡麻，把它归入“八谷”之中。南北朝时期，名医陶弘景对芝麻下过这样的评语：“八谷之中，惟此为良。”它的营养价值和药疗价值，当在“八谷”之首。到唐朝时，种植芝麻已成普遍农事，并衍生出一种迷信说法：种植芝麻须夫妻二人共同进行，方能获得丰收。女诗人葛鸦儿以此为背景，作过一首《怀良人》的诗：

> 蓬鬓荆钗世所稀，布裙犹是嫁时衣。
> 胡麻好种无人种，正是归时底不归。

又到播种芝麻的好时节，妇人出远门的丈夫，却久久未归。由不得妇人不着急，左邻右舍都种下了芝麻，只她家的没种下。妇人满腹幽怨，夫君啊，正是回家的时候，你竟不回家，你让我一个人怎么种芝麻？

俗世夫妇，在岁月里勤勤勉勉，谁不希望自家的日子，能像芝麻开花节节高呢？不知妇人的芝麻，后来有没有种下。真希望夏天她家的园子里，芝麻花还会像往年一样，开着软白的花，一节一节攀爬，步步升高。

芝麻的花，细看起来挺俊俏的，模样有点类似于喇叭花。糯糯的白，也有的是粉粉的红、淡淡的紫，软乎乎的，外面附着些小茸毛。它们一朵一朵，倒悬着，好似撒娇的小女娃，嘟着可爱的唇，又恰似一些玲珑的小铃铛。我想象着，当那些铃铛齐齐摇响，该伴着一声声吆喝的——黑芝麻糊哎！一股浓香，袅袅升腾，将唤醒多少沉眠的味蕾啊。

我怀念奶奶做的芝麻糖和芝麻汤圆了。很怀念。

资料卡

芝麻

别　　名： 脂麻、胡麻。
科　　属： 胡麻科。胡麻属。
形状特征： 一年生直立草本。茎中空或具有白色髓部，微有毛。叶矩圆形或卵形。花萼裂片披针形，被柔毛。花冠筒状，白色，常有紫红色或黄色彩晕。雄蕊 4 枚，内藏。蒴果矩圆形。种子有黑白之分。
生长特性： 喜好微酸的疏松土壤。喜温暖环境。花期为夏末秋初。
分布区域： 原产印度。我国各地广泛种植。
花　　语： 心向美好、步步升高。

第四辑

最好的清供

我有一瓢香，足以慰风尘。

几生修得到梅花

梅花在成名之前，独自度过了一段较漫长的灰暗期。

早在诗经年代，山野之中的梅树已蔚然成林。然它的花并不受人重视，人们更爱的是它的果实——梅子，其味酸，是做汤做羹不可缺少的调味品。《尚书》中云："若作和羹，尔惟盐梅。"在那时，梅子和盐是有着同等地位的。故当一个待字闺中的姑娘，对着满树的梅子，而不是对着满树的梅花长吁短叹，就极为正常了：

有梅，其实七兮！求我庶士，迨其吉兮！
有梅，其实三兮！求我庶士，迨其今兮！
有梅，顷筐塈之！求我庶士，迨其谓之！

姑娘来梅林中采梅子。眼见着树上的梅子越来越少，从七分，到三分，到盛不满一只浅浅的筐子了，她的好年华就这么溜过去了，她的良人还未到来，怎不叫人着急难过！

喜香草香花的屈原，咏叹过诸多的香草香花，却愣是没有提及梅花。梅花缺位了《离骚》，缺位了《楚辞》，这不能不说是个遗憾。一直隐忍到南北朝，梅花才崭露头角。杨万里在《洮湖和梅诗序》中提到："南北诸子如阴铿、何逊、苏子卿，诗人之风流至此极矣，梅于是时，始一日以花闻天下。"

这一时期，还有个名门之后叫陆凯的人，留下一首与梅花相关的诗，风靡一时："折梅逢驿使，寄于陇头人。江南无所有，聊赠一枝春。"可见得，南北朝时的江南，品梅赏梅，已成为很有格调的一件事。梅花是可以寄情，代表春天说话的。

到了隋唐，造访梅花，成为文人墨客们的风流雅事："一树寒梅白玉条，迥临村路傍溪桥。不知近水花先发，疑是经冬雪未销。"彼时的梅花，尚以白梅为主，野生野长着，一派的无拘无束。

进入宋朝，梅花的地位突然一飞冲天。宋朝是个真正慢生活的时代，人们更注重生活的细枝末节，更注重心灵与自然的和谐。他们的日常是属于簪花饮酒、吟诗作对、煮雪烹茶的，他们更有闲情慢品一朵花了。梅花的品格，被他们无限地挖掘出来：

> 疏疏淡淡，问阿谁、堪比天真颜色。笑杀东君虚占断，多少朱朱白白。雪里温柔，水边明秀，不借春工力。骨清香嫩，迥然天与奇绝。

还有什么花可拿来与梅花比？没有了。春天里再多的红红白白也比不过。赏梅成了冬春之交不可或缺的一桩美好事："雪后燕瑶池，人间第一枝。"甚至有人痴迷到以梅为妻的地步，在孤山上遍植梅树，疏影横斜，暗香浮动。诗人范成大在他的《范村梅谱》中云："梅，天下尤物。无问智贤愚不肖，莫敢有异议。"宋人的大力推崇，为后来梅花一跃成为"花中四君子"之首，奠定了坚实的基础。

我对梅花，是打小就熟识的。那时，家里许多器物上，都印有梅花图案。我奶奶有一个装炒米的坛子，一树梅花，一直开在坛面上。我们兄妹睡觉的床，是我奶奶的陪嫁——一张老式檀木床，上面竖着的每张隔板上，都雕刻着喜鹊闹梅的图案。我闲着没事，就爱用手指头去抠那些梅花，五瓣儿，圆圆的，均匀地铺开，像一张笑脸。我们盖的棉被，被单上也是喜鹊闹梅的图案，一树一树红梅花，非常耀眼喜庆。我常把头埋在上面，觉得快乐。

我十来岁的时候，跟我爸一起去一远房亲戚家有事。亲戚家的院子里，一树红梅正开着花，秾艳的红，浮动在虬曲的枝条上，如沸腾的火。那日有些阴沉的天空，一下子变得明亮不少，清风拂拂，大地温柔。我愣愣看着，心里面萌生出一个奢侈的愿望，我家也要长一棵梅树才好啊。一些年后，每每看到梅花盛开，我总要想到亲戚家的那个小院子，那一树的红梅，如沸腾的火。

我也顶喜欢梅花欲开未开时的样子。那一粒粒饱饱的花骨朵，抿着小嘴儿，呵气一样的，吐出一点红、一点绿、一点粉、一点白，如同好吃的糖果，美好的滋味，直抵人的心田。有时在立春前后，天空还会降下一点雪来，白雪裹住朵朵含苞的梅，一点红或一点粉，从白里头露出来，惊心动魄着。这个时候，我想到的，还是吃，是糖三楂，或糖蜜饯，秀色可餐。如果逢到月亮天，我也很想学学前朝的女子，悄悄儿出门去，和月摘梅花。南宋诗人谢枋得曾感叹，几生修得到梅花。是啊是啊，要几生才能修得呢？迄今存于世上最古老的一棵楚梅，已活了2500余年了。

资料卡

梅花

科　　属：蔷薇科。杏属、李属。

形状特征：小乔木，稀灌木。叶片卵形或椭圆形。花单生，先于叶开放。花萼红褐色，也有花萼为绿色或绿紫色。通常5瓣，但也有新品种复瓣或半复瓣，有紫红、粉红、淡黄、淡墨、纯白等多种颜色。有香味。果实近球形。

生长特性：喜温暖、湿润的气候。对土壤要求不严，耐瘠薄，耐寒。花期1~3月。果期5~6月。

分布区域：中国各地均有栽培。日本和朝鲜也有分布。

花　　语：坚强、高雅、忠贞。

应是玉皇曾掷笔

春花里，有一种花无论如何也叫人忽视不得，那是紫玉兰。

不晓得哪天出门，“哗啦”一下，你的眼前，一树一树紫色弥漫，像飞来一树一树的紫鸽子。时人唤它紫玉兰。它其实还有个更古老的名字，木兰。古人之所以这么叫它，大概是觉得它是开在灌木之上的兰花吧。

最具浪漫情怀的诗人屈原，对木兰相当偏爱，他在《离骚》中表白道：

朝饮木兰之坠露兮，夕餐秋菊之落英。

一顿早餐开启新的一天，不可谓不重要。吃什么好呢？啊，就饮那木兰花上坠落下来的露珠吧。多清香多晶莹多洁净！以至于我每次看到木兰花都舌头生津，恨不得摘一朵，直接丢嘴里嚼嚼。

木兰后来还冒出一个别名，辛夷。传说这名字与夷人有关。有个读书人久患鼻病未治，被折磨得书也读不成，功名也取不了了，痛苦不堪。他走进一座深山老林里，打算求得一死，一了百了。恰巧一进山打柴的夷人路过，救下他。夷人指点他采得木兰花，回家煎服。他依言而行，困扰他多日的鼻病自此好了。他感念夷人恩德，又因这年是辛亥年，故他把此花命名为辛夷花，并广为传颂。

唐代诗人元稹是个好玩且多情的人，他的朋友韩员外家的辛夷花开了，他眼馋得要命，赋诗一首前去讨要：

韩员外家好辛夷，开时乞取三两枝。
折枝为赠君莫惜，纵君不折风亦吹。

他先是把人家的花一通夸，老朋友啊，你家长的辛夷那叫一个好啊。然后，开口讨要了，也不贪多，只要三两枝就好了。接下来说的话很有些搞笑了，他说，老朋友啊，你折几枝给我呢你不要舍不得，倘你不折，风一吹它也是要凋落的嘛。言外之意是，你何不做个顺水人情？风吹落了可没人感激你哟，但你送我就不同啦，我会记在心里的。哎，我实在想走回唐朝去，拥抱一下这个有趣的人。我家屋前正开着一树哩，我可以送他半树的。

紫玉兰在将开未开时，最为动人。那个时候，枝上的花蕾，像极了毛茸茸的小动物，竖着它们可爱的小耳朵，倾听着这个世界的声音。如果你伸手去抚，手底的触感，就像你正抚摸着一只安静的小猫，毛发柔顺。抚得你的心底，泛起了温柔的波，真想搂它入怀啊。

如果隔了一段距离看，它的花蕾，更像一支支毛笔头，插在那里，等着谁去泼墨挥毫。欧阳炯就曾把这些花蕾，想象成是玉皇大帝用过的笔，被投掷到凡间来了：

含锋新吐嫩红芽，势欲书空映早霞。
应是玉皇曾掷笔，落来地上长成花。

唔，怨不得它的容颜那么出尘，原来人家沾着玉皇大帝的仙气哩。

“谁信花中原有笔，毫端方欲吐春霞”，又“碧管描春色，丹锋点化工”，它就这样，一点一点地描，一点一点地绘，最终把春色，给彻底晕染开来。

资料卡

木兰

别　　名：辛夷、紫玉兰、木笔、木莲、女郎花。

科　　属：木兰科。木兰属。

形状特征：落叶灌木。常丛生。花蕾卵圆形，被淡黄色绢毛。花朵大，紫色，或紫红色，内面带白色，六瓣。花萼三片。花药侧向开裂。成熟蓇葖近圆球形，顶端具短喙。

生长特性：喜温暖湿润和阳光充足环境，较耐寒。花期 3~4 月，果期 8~9 月。

分布区域：我国大部分地区均有栽培，并已被引种至欧美各国。

花　　语：报恩。

玉树临风

白玉兰的个头真高啊，它跟紫玉兰站一起，要超出紫玉兰好多。它是绝对的大哥，而紫玉兰则成了个娇小的妹妹。也难怪，它是乔木，紫玉兰是灌木或小乔木，遗传基因是个先决条件。好在它们也不去比个头，各自找到了适合自己的路，完成了各自的盛放，都活成这世间一道靓丽的风景线。

如果说紫玉兰走的是婉约之路，白玉兰走的则是豪放之道。花开时节，它扛着一树丰腴肥白的花朵，招摇过市。茫茫花海中，只一个照面，你就决计忘不了它了。那猛烈张狂的劲儿，那雪浪翻滚的英爽，舍它其谁？

我的工作室旁边，长着一棵，许是前有高楼挡着的缘故，它比别处的要开得晚一些。我从去年十二月份，就开始看它忙着做开花的准备。它打扫干净枝枝丫丫，一片枯叶也不留，迎接花芽芽的到来。一粒一粒的花芽芽，如小虫子般的爬了出来，细白细白的，缀满枝头。树底下有个砌得很高的花坛，我有时会爬到那花坛上站着，摸一摸那花芽芽，感觉它们很像一粒粒软糖呢。我的心里，腾起一阵欢愉。有路过的人好笑地看我一眼，也顺带看一眼树，我赶紧告诉他："这是白玉兰，快开花了哎。"我很愿意替它做做广告，这么美的树长在这儿，得让更多的人知道才好。

风刮过了。雨下过了。雪下过了。气温降了又降，它满枝头的花芽芽，顶着寒风雨雪生长，一天一天饱满起来。这个时候的模样跟紫玉兰的很像了，也颇似一支支毛笔头竖着。只是在色泽上有些区别，它的色泽更接近于灰白，而紫玉兰的，是介于淡绿与浅黄之间。

我每路过一回，必念叨一回，哦，快开了。我念叨了也不知多少回，北风都吹成南风了——反正我觉得时间蛮长的，外面的白玉兰都已轰轰烈烈起来，它还一副优哉游哉的样子。“好吧，看谁狠，有本事你别开！”我这么怂了它一句，去做我的事。

隔两天再见，它的枝头，花朵已然盛放，似飞来一大群白鸽，“咕咕咕”吵闹得不行。我虽早有心理准备，还是被它吓了一跳。“哎，亲爱的，你这动静整得有些大啊。”我在树下仰头看，心里面满是惊诧和欢喜。想起明人王世懋在他的《花疏》中所说的白玉兰：“千干万蕊，不叶而花，当其盛时，可称玉树。树有极大者，笼盖一庭。”它果真地极大极盛，玉树临风，千干万花，不着一叶。

四五百年前的文徵明，是很钟爱玉兰花的，在他的书画作品上多见玉兰。他还写诗很认真地赞美它：

绰约新妆玉有辉，素娥千队雪成围。
我知姑射真仙子，天遗霓裳试羽衣。
影落空阶初月冷，香生别院晚风微。
玉环飞燕元相敌，笑比江梅不恨肥。

在文徵明的眼里，玉兰花有着玉一般的光辉，雪一般的姿容，既有杨玉环的丰腴，又有赵飞燕的轻盈，高傲的美才女江采萍见到它，也要赞叹一声的吧。它就是从姑射山上下来的仙子，上天赐它一身霓裳羽衣，飘飘拂拂，香气暗生。

玉兰花可食用，有人用它煮粥，有人用它做饼，有人用它泡茶，有人用它蒸糕，有人用它煨汤，都言说滋味极其鲜美。我动心，仰头望向那一树的花，跟它商量：“我只摘两朵，啊，就两朵，可好？”它那肥厚的大如大汤匙般的花瓣，顶适合裹着面粉油炸了。

它不答。风吹，洒我一身香。

资料卡

白玉兰

别　　名：望春花、玉兰花。

科　　属：木兰科。玉兰属。

形状特征：落叶乔木，树冠呈阔伞形。树皮灰色。花先于叶开放。花大，白色，花萼与花瓣混为一体，九枚。香味浓烈。花蕊黄绿色。蓇葖熟时鲜红色。花期2~3月。

生长特性：喜肥沃疏松的土壤。不耐干旱，也不耐水涝。

分布区域：我国大部分地区均有分布。世界各地庭园也常见栽培。

花　　语：纯洁、真挚。

海棠依旧

苏东坡的人生恨事里，有一桩是关于海棠的，他恨海棠无香。后世不知多少文人追随引用，张爱玲的人生恨事里，就把海棠无香赫然列在第一位。

海棠真的无香吗？不不，人家也有自己的体香哩。我见过的海棠，无一不是。特别是垂丝海棠，花苞苞欲裂开时，凑过去闻，会有一股子的细香，幽幽地散出。极好闻的。

每一种植物，只要蓬蓬勃勃地生长着，都怀着它特有的气息，全无味道的怕是没有呢。所谓活色生香，就是这个理。这正如我们人类，哪一个不是独一无二的存在，拥有自己独一无二的气息？

海棠家族庞大得很，七大姑八大姨，远亲表亲，很难理清它们的关系。它们家若办喜事，哗啦啦，会来一大堆亲戚，大概要排上几十里路的长队吧。且它们家的美人胚子也多，一个个长大了，都是唇红齿白明艳照人的。它们若扎堆儿在一起，你喊一声："海棠！"一定会有千百个声音应答："哎。"是啊是啊，它们的小名都叫海棠。

有人给匡了匡，单单乔木灌木类的，海棠就有 13 个品种。如果再细细划分，得有好几大千了。明代有部植物栽培专著《群芳谱》，它把海棠分成四品，显得简单明了多了。这四品分别是：西府海棠、垂丝海棠、贴梗海棠、木瓜海棠。

海棠在古代文人的诗词歌赋里出现的频率之高，是别的花望尘莫及的。我翻了一晚上写海棠花的诗词，翻得眼睛酸疼。尤其到了宋朝，文人们似乎不写写海棠，就不能作诗作词了。他们还颇遗憾着，杜甫先生写了那么多花啊草的，怎么偏偏就没写海棠呢？这没道理呀。杜甫曾在成都寓居多年，成都是海棠的盛地之一，自古有之，他假装见不到海棠也难。为什么在他的诗文里，独独漏掉了海棠呢？各种猜测，甚嚣尘上，这是因海棠而引起的文坛事件了。千百年来，每逢海棠盛开，就要引发一回。“杜陵不是无心赋，才薄难工奈若何。”一个叫傅察的宋人如是说。这是最有趣的一种猜测了，杜先生为什么没写海棠呢？不是他不想写啊，而是在完美无暇的海棠花跟前，他失去底气。

海棠花确实美好得叫人失去底气。我的小城，多垂丝海棠和西府海棠。二月里，我就在枝头上看见花蕾活动的痕迹。这些小花蕾的行动很隐蔽，你不凑过去勘察，是看不出来的，那花芽刚出来时，伪装成叶芽，跟枝条色混在一起。到三月，它们抽出花梗，结出花苞。圆鼓鼓的小花苞，活像一颗颗美人痣。一树一树点着这样的美人痣，真的是“红点霏霏似撒沙”了。我走过，喜欢凑过去闻闻那些小花苞。我听见它们的小心脏，在欢快地跳着舞。

然后某天，再走过，就看到嫩绿的枝叶上，浮上粉云朵朵。很快，无数朵“粉云”，如决堤的水，奔涌而出。满树都是祥云环绕了。

我很喜欢垂丝海棠。它开花的样子非常俏皮。一小茎上，垂下五六个长花梗，每梗的上头，系一朵小花，晃晃悠悠的，可爱得很。还是花蕾时，它是红红的小胎儿。盛开后，它褪去些许胎红，一张小脸，泛出一抹粉白来。用千娇百媚来形容，绝不为过。人夸它“一株胜却万株红”，这有点夸张了。春天的花树那么多，哪一棵都妖娆得有些过分的。但一些人就是偏爱海棠花，这也是没办法的事。

西府海棠是聚伞花序，花多且密，三五朵或六七朵扎成堆儿，蹲在枝头，好似撑着小伞的幼童，放学了，叽叽喳喳着，等着家长来接。因刚刚奔跑过，小脸蛋热乎乎的，泛着潮红。古人诗词里的海棠，大多数描写的是它，比如“不应惟是锦织成，正恐更将猩血染。未开半豆已欲滴，烂吐一庭尤潋滟”；比如“竞艳争娇最是他，教人嫌少不嫌多。初酣晓日红千滴，晚笑东风淡一涡”；比如“鬓雾鬟云衬脸红，嫣然一笑倚春风。直疑倾国倾城魄，聚入此花颜色中”。它潋滟，它娇媚，它倾国倾城，它是花中神仙。我都替它心慌，这么多的赞誉，它受得住么？

还是元好问颇为理智和冷静，他是旁观者清。他细声细语地劝慰海棠：“爱惜芳心莫轻吐，且教桃李闹春风。”小丫头啊，你一定要懂得克制啊，你虽有着一身好颜色，但拼得过桃和李么？还是悠着点的好，芳心莫要轻易许出，才不会被辜负啊，也才能赢得久长啊。

可惜海棠并未听他的话，被春风稍一撩拨，就一头坠进去，如烟花般地“嘭”地一下，全炸开了，光彩绚烂。而后，是长长久久的空寂——春风终是负了它，又撩拨别的花去了。

海棠花的鼎盛期，也就短短三五天。赏花须及时啊。

资料卡

海棠

科　　属： 蔷薇科。苹果属、木瓜属。

形状特征： 西府海棠、垂丝海棠、贴梗海棠、木瓜海棠形状各异，前两者属乔木，后两者以灌木为主。西府海棠的花 3~7 朵簇生，未开时红色，开后渐变为粉红色，多为半重瓣，少有单瓣花；垂丝海棠花梗细弱下垂，有稀疏柔毛，紫色。花瓣倒卵形，粉红色；贴梗海棠具枝刺。花瓣近圆形或倒卵形，猩红色、米红色或淡红色。有重瓣、半重瓣；木瓜海棠花先于叶开放，2~3 朵簇生于枝上，花瓣淡红色或白色。

生长特性： 垂丝海棠喜光，耐寒性差一些。而西府海棠、贴梗海棠和木瓜海棠比较能抗寒。都忌水涝，忌空气过湿。

分布区域： 我国各地均有分布。

花　　语： 热情、美丽、快乐。

樱花啊，樱花啊

从前看樱花，是要走远路的。每一次出行前，都要做好长时间的准备，设计行走的路线呀，规划到达的目的地呀，怎么住宿怎么吃饭呀，如此等等，如同一项巨大工程，颇为费时费力费钱。等好不容易出门，到了目的地了，身体已疲惫得很了。又受时间的限制，哪里能尽兴赏了去，只能蜻蜓点水一回。

现在好了，我的小城到处栽着樱花树，在家门口就有樱花可赏了。我住处的楼下，长了一棵关山樱，花期比较晚，要到四月初。它开起花来有点吓人，满树都是丰腴的粉红的花朵，似绢纸叠的。又因重瓣的缘故，看上去更是胖乎乎的，如同一个胖美人，走几步路怕是要气喘的。风一吹，啪，那么大一朵掉下来，我着实为它疼得慌。

更多的是大岛樱。有一个小区外面的人行道两旁，栽了数十棵。春分刚过，那些粉白的花朵，就如同爆竹一般炸开来，像飘了一场鹅毛大雪。小城人买菜的路上，顺便拐一脚，也就到了。从早到晚，树下三三两两立着的，都是仰头观花的人。

我上午去一回。下午又去一回。晚上，坐灯下看书，却怎么也看不进去了。外面起风了，我在心里祈求，亲爱的风啊，你千万不要太用力，尽量小点声刮吧，不要去刮那些樱花啊。我满腹有着说不清的心事，站起来，又坐下。坐下，又站起来。结果，我还是开门跑出去，到樱花树下去走了走。雪白的樱花，在树上好好地待着呢，夜色里，有暗香浮动。

遇到一个女孩子。她眼神儿真好，那么暗的地方，我裹在围巾里，她居然也能认出我。她跑来，送我好几枝樱花。她说："我捡的地上的，很完整的呢，老师你带回去，夹在书里面呀。"我很感激地谢了她，高高兴兴收下这礼物。待回到家，樱花却已蔫了。五瓣的小花，已皱成一团，但我还是把它夹到书里面。那个送我樱花的女孩子，实在是个很美好的人啊。

合上书的时候，我想这樱花的前身，完全的野生野长着，住在远离红尘的大山里。是谁先发现它的？又是谁把它带到这人间来的？汉宫里，它是一道风景线。到唐朝时，它已然成了人们普遍种植的花树了。白居易在一首诗里，兴致勃勃写道：

亦知官舍非吾宅，且掘山樱满院栽。
上佐近来多五考，少应四度见花开。

彼时，白居易被贬后复出，被安排住进一幢官舍里。按当时上层政策的规定，遭谪贬的官员，须经五次考核方可调任。他有朝不保夕之感，不知命运之舟又会把他载到哪儿去。尽管如此，他还是要灿烂地活着，官舍那光秃秃的院落，实在不对他的脾性。他跑去野外，挖了许多的山樱扛回来，满院都栽上了。当雪白的樱花盛满了院子时，他还要去当什么官啊，且做个花下神仙好了。

日本有首关于《樱花》的民歌很出名。初听，感觉那曲调好奇怪啊。再听，却感动得很了，恰如朵朵樱花的嘤嘤细语：

樱花啊，樱花啊，

暮春时节天将晓，
霞光照眼花英笑。
万里长空白云起，
美丽芬芳任风飘。
去看花，去看花，
看花要趁早。

去看花，去看花，看花要趁早啊。这个时候，我很想铺开一张纸，给我的朋友写一封信，向他发出邀请：我们东台的樱花都开好了，你要不要来一起看？

资料卡

樱花

科　　属：蔷薇科。樱属。

形状特征：落叶乔木。花序伞形总状，总梗极短，有花 3~4 朵，先叶开放。萼筒管状，萼片三角状长卵形。花瓣白色或粉红色，椭圆卵形，全缘二裂。核果近球形，黑色。

生长特性：喜阳光和温暖湿润的气候条件，有一定抗寒能力和耐旱力。不耐盐碱土。花期 3~4 月，果期 5~6 月。

分布区域：北半球温和地带均有分布。

花　　语：幸福、热烈、纯洁。

丁香枝上

我有个北方的朋友跟我说，她最不喜欢的花就是丁香。她说一到春天，她那儿满眼都是它。北方的春天又短，它占下天下了，别的花就不怎么能见着了。

我心想，丁香可真冤枉啊，它那么好心好意在寒凉之地扎下根，为的是春天给那里的世界添一把色播一把香，人却不承它的情。唉，做花也好难哦。

人的喜好是很情绪化的，是利己式的。这也无可厚非，所谓萝卜青菜，各有所爱。花却不管这些的，你高贵也好，卑微也罢，它总是竭尽所能地，奉献出自己的好颜色。它的盛放，无偏无陂。人若以花为镜，会很惭愧的。

我对北方的喜欢，却因为丁香。拿哈尔滨来说吧，我在冬天到过那里。室外可真冷啊，我套了两件羽绒服，还是冻得瑟瑟发抖。当地朋友带我去松花江看冰封江面。江面上停着辆取冰车，正从江里往车上取冰，是为举办冰雕展做准备的。我在江面上走了两步，手脚冻得麻木了，只想赶紧寻个暖和的屋子躲进去。一上岸，却瞥见路边很多萧条的植物，瘦骨嶙峋的枝条上面，有花蕾萌动的痕迹。我问："这是什么植物？"朋友不在意地说："丁香啊。我们这里长的，全是丁香。"

我心里微微一动，原来是丁香啊。年少时读戴望舒的诗："我希望逢着，一个丁香一样的，结着愁怨的姑娘。”对丁香便很有些向往了。想象里，它是个冷美人，离烟火很远的。它却在零下二十多度的环境下，结着花蕾。这份隐忍的坚强，实在叫人刮目相看。

隔年春天，哈尔滨的朋友又邀请我去，我没有犹豫就答应了。我是存着私心的，我要去看看丁香。结果，我看到了漫天漫地的丁香花。从机场去往城里的道路两旁，是盛开的丁香。入住的宾馆门前，是盛开的丁香。我去一个学校讲座，校门口首先来迎我的，也是簇簇丁香花。去太阳岛玩，那座岛完全就是丁香花的岛。张眼处，全是累累的丁香花，蓝紫的，粉白的，浅紫的，紫红的，如云似霞，喧喧嚷嚷，欢喜雀跃。一群妇人披红挂绿，在花树下跳舞。花映着人，人映着花，一时之间，竟分不清哪是花哪是人了。

历代的文人，却赋予丁香诸多愁怨。因它花蕾似结，它又得名百结花。在文人们的眼里，那是愁肠百结。“青鸟不传云外信，丁香空结雨中愁”，斜风细雨中，南唐中主李璟对着满庭丁香，发出这样的叹息。宋人许及之也因丁香起了忧思：“丁香从百结，恨只满东风。”明人许邦才还借丁香花，悼念了一把为情而死的苏小小：

苏小西陵踏月回，香车白马引郎来。
当年剩绾同心结，此日春风为剪开。

她和他的山盟海誓还在丁香结中存着呢，今日春风为剪，来此一一剪开，幽香四下里飘散，从前的人，却不在了。

当我专注地盯着一树丁香花细看时，看到的却是漫长修行后的快意圆满。万物沉眠的冬天，它醒着，一边抵抗着严寒和孤独，一边结着花蕾、酿着香。它的花蕾，精致如旗袍上的盘扣。它该有着怎样的一双巧手，才能盘出这满枝丫的扣子？当春风解开这些扣子，里面锁着的颜色和幽香，便四下里播散，诱惑得蜂蝶缠绵其上。我想起宋词里写的："相思只在，丁香枝上，豆蔻梢头。"不由得笑了。这丁香枝头结出的，原是一粒一粒相思啊。是风的。是雨的。是星辰的。是蜜蜂的。是蝴蝶的。是人的。春天因有了这些相思，显得格外绵长深情。天地都是美的。

如果你想亲近美，就从爱上一朵丁香花开始吧。

资料卡

丁香

别　　名：丁香花、百结、洋丁香。

科　　属：木犀科。丁香属。

形状特征：落叶灌木或小乔木。叶对生，单叶，稀复叶。花两性，聚伞花序排列成圆锥花序，顶生或侧生。花萼小，钟状。花冠漏斗状、高脚碟状或近幅状，裂片4或5枚。果为蒴果，微扁。

生长特性：喜充足阳光，也耐半阴。适应性较强，耐寒、耐旱、耐瘠薄，病虫害较少。花期3～6月。

分布区域：国内外园林中都有种植。

花　　语：相思、纯洁、初恋。

荆花夹树香

吃过多年的荆条花蜜，却从未见识过真正的荆条，直到前年我去济南。

我也搞不清我为什么没见过荆条。江南多黄荆，我生活的江北，也应该有荆条长着。许是我从没在花期遇见过它，它混在别的灌木中被我忽略了。

清晨，我去爬济南的六里山。山上多荆花。一簇一簇紫色小花，聚在枝头，如麦子抽穗，一穗一穗。花朵很玲珑，五瓣，唇形，仿若袖珍的小纸鸢。花丝从花心里俏皮地探出身来，好似蛾子的触角。我站在它跟前望半天，它也没有慌张，照旧按它的秩序，安排着它自己的生活。我欢喜地自言自语道，这什么花呀，这么好看。旁边经过的一晨练老者，他先是好奇地看我，等弄清状况后，鼻孔里“哧”了一声，好笑道，这是荆条花嘛，荆条花你都不认识？

荆条花？我脑袋当即“嗡”了一下，似乎被什么敲开了，一道光“唰”地照进来，天哪，这就是荆条花？这就是“布衣荆钗”中的荆开出的花？

我十分不好意思地冲老者道了谢。老者轻轻摇摇头，笑笑地走了。他觉得多么不可思议啊，这世上，竟有人不识荆条，满世界都是荆条哎。

这的确令我惭愧。荆条与人类的关系，多么密切。在诗经年代，一场旷世暗恋中，它充当了见证者。一个砍柴的樵夫，爱上了一个如神女一般的姑娘：

翘翘错薪，言刈其楚。
之子于归，言秣其马。
汉之广矣，不可泳思。
江之永矣，不可方思。

这里的“楚”，就是荆条。这个可怜的樵夫，他砍呀砍呀砍着荆条，幻想着他与姑娘举办婚礼的场景，越想越悲哀。他清楚地知道，他是痴心妄想，这是一个永远也实现不了的美梦。

那会儿的荆条，多用作柴火的吧？穷苦人家也拿它搭建屋舍，容身安命。曹植在他的一篇《说疫气》中提及：“建安二十二年，疠气流行，家家有僵尸之痛，室室有号泣之哀……人罹此者，悉被褐茹藿之子，荆室蓬户之人耳……”东汉末年，伴随着战争、饥荒的，是瘟疫的大流行，遭到灭顶之灾的，往往是身穿短褐、食豆叶、住荆室蓬屋的穷人们。彼时，荆条的身份是卑微的、低贱的，是与苦难相伴着的，这也是“痛楚”“苦楚”“凄楚”这些词诞生的本意了。

荆条与女人也颇有缘分。那时候，穷人家的姑娘买不起金钗银钗，就折一段荆条当钗。东汉有书生梁鸿，博学多才，娶妻孟光。孟光容貌丑陋，可她贤德有加，见识不凡。梁鸿隐居霸陵山中，她丢下锦衣玉食，随梁鸿进山去了，从此以粗布为裙，荆条作钗，远离红尘，与梁鸿一起，过着他们举案齐眉的日子。梁鸿写信给朋友，对妻子孟光很感激很欣赏，用“拙荆”来称她。“拙荆”一词自此流行起来，后来许多男人效仿梁鸿，也谦称自己的妻子为拙荆。

《史记》中有则与荆相关的故事流传甚广，是发生在廉颇和蔺相如之间的。莽撞的廉颇，被顾大局识大体的蔺相如所折服，遂“肉袒负荆，因宾客至蔺相如门谢罪”，这也是成语“负荆请罪”的由来。大将廉颇为什么找了荆条来背，而不是找株蓬草或是桃木什么的呢？这自然是因荆条有刺且韧性十足，那时候，荆条已被用作惩罚犯人的刑具了。廉颇袒露着上身背负着荆条，有自我惩罚的意思在里面。

宋朝有个叫丘葵的文人，是世人眼中的怪人，他长期避居海岛，做着他的闲云野鹤。山间幽僻，是他最好的去处，他常寻着那幽隐处去。这一日再去，他遇着萱草和荆花了，他很开心，遂信手写下这次偶遇：

> 一榻自徜徉，悠然古意长。
> 地幽如佛舍，轩小似船房。
> 萱草依堂绿，荆花夹树香。
> 我来访幽隐，话里雨声凉。

很平常的描述——“荆花夹树香”，却自有着一份闲适在里头，又自在又悠然。深山幽谷里，小小的房子，似一叶小船泊在那里。堂前种着些萱草，通向房子的小径两侧，随意长着些荆条。花都开好了，一丛丛柔粉淡紫轻扑。蜜蜂们闻香而至，嗡嗡其上，像些小无赖，它们调戏完了这朵花，又去调戏那朵花，也没个人管。他的到访，打破一片清幽。天忽然飘起雨来，喁喁的话语，裹着清凉。主人道，且慢行，就着雨水煎茶吧。

濡湿的荆条花，兀自在空气中种着香。

资料卡

荆条

别　　名：牡荆、荆柴、荆棵、黄荆条、黄荆子、布荆等。

科　　属：马鞭草科。牡荆属。

形状特征：落叶灌木。少数乔木。叶对生。圆锥形聚伞花序。花冠淡紫色，也有白色、红色的。小型，顶生，唇形，5裂。味芳香。核果卵状球形。

生长特性：喜光，稍耐阴，略耐寒，怕涝。花期5~7月。

分布区域：华北、东北南部、西南及长江以南各省均有分布。

花　　语：嘲讽命运的折磨。

紫荆啊——

紫荆啊——

走过簇簇欢开的紫荆身旁，我想这么轻轻唤它们一声。

紫荆啊——我真的这么唤了。我听到无数的小脚丫，“啪啪”奔向我。我听到银铃般的笑声，丁零丁零响着，那些笑声一齐应道，哎——

我站在一片紫色的光圈里，笑了。

春风温柔，天空蔚蓝。这个时候，实在宜举杯浅斟慢酌。就饮一杯阳光吧，和春风相碰，为这么可爱的紫荆干上一杯。

它们是哪儿哪儿都可爱啊。花朵刚出生时，就像一粒粒紫色的小珠子，簇簇地缀在枝干上、枝丫间、枝条上，繁繁密密，不计其数。前人有诗夸它：“枯条谁缀桃花米，嫩蕊初挼撒酒媒。”桃花米是啥？那可是供应给皇家的贡品呢，是女皇武则天最爱吃的米。假若捋下一把，用来酿酒，是不是很香很稠呢？

对着那粒粒饱满的“桃花米”，似乎你稍稍冲它们吹口气，那鼓胀的米粒就禁不住痒痒，撑开了。圆头圆脑的花瓣舒展开来，像紫色的小火舌。它们让周遭的空气沸腾起来。让路过的你，也沸腾起来。

它们多以“丛”的形式出现，一丛一丛的，你中有我，我中有你，团结友爱，家族兴旺。曾有一则盛行于南朝的典故，讲的就是紫荆相亲相爱不舍离分的真性情。说京城有田真兄弟三人，长大成人，闹着要分家，各立门户。在平分家产一事上，因堂前的一棵紫荆，兄弟三人发生争执，一棵紫荆，分给谁都不行。最后三人一合计，决定把紫荆劈成三份，各取一份。哪知紫荆听了，当即气绝身亡，枝枯叶败，如被火烧过一般。兄弟三人见状，感慨万端：“树木同株，闻将分斫，故憔悴，是人不如木也。”遂不再提分家之事，仍住在一起，从此和和睦睦，门庭发达。堂前的紫荆复活过来，年年花开繁盛。

紫荆命大，跟荆条有得一拼。李时珍说它，其木似黄荆而色紫，故名。它在冬天掉光叶子的样子，恰似一堆可当做柴禾的荆条。冬天，我看到园艺工人拿把大剪刀，毫不手软地对着它一通乱剪。它却一点儿也不记恨，一到春天，仍捧出满枝满丫的花朵，装点这个世界。紫荆是有着大胸怀大气度的。

这个春天，如果你走过一丛盛开的紫荆旁，请你为它停一停，轻轻唤它一声，紫荆啊——

你会听到千万声的回应。你的心上，慢慢地就有了一丛活蹦乱跳的花在开。

资料卡

紫荆

别　　名：裸枝树、紫珠、满条红。

科　　属：豆科。紫荆属。

形状特征：落叶乔木或灌木。春季开花，先花后叶，一簇数朵。花除紫红色、粉红色外，还有白色。荚果扁狭长形。

生长特性：喜光照，有一定的耐寒性。喜肥沃、排水良好的土壤。萌蘖性强，耐修剪。花期 3~4 月；果期 8~10 月。

分布区域：我国大部分地区广泛种植。

花　　语：家庭和美、骨肉情深。

紫藤花下

每年春天，我和那人都掐着时间算着，西园里的紫藤花开没开。

西园里，长着两大长廊的紫藤。一到盛开时节，花朵密匝匝地织起两大长廊的锦帘，好似把仙宫给移过来了。风都成紫藤花的风了。嗡嗡其上的野蜂，简直成了紫藤花豢养的宠物，花有多少，蜂就有多少，一只只养得又肥又胖。看着那厚厚的紫藤花锦帘，我总觉得不定什么时候，从里面会走出紫衣飘飘的小仙子来。那两大长廊的紫藤花，实在销魂，只要我俩没外出，是定不会错过它的花期的。我们常常在做着什么事时，一个突然发出一句问："紫藤快开了吧？"另一个一定心照不宣地答："哦，快了吧。"这是开春以来，我们家庭对话里不可或缺的一章。

今年初遇紫藤，相当意外。我特地记下了那日的时间：3月25日。那两天，气温忽然降了，最高气温只有10度左右。风刮着冷，乍暖还寒的天最难将息，外出散步时，我把收好的棉衣又翻出来，重新穿上。我选择了一条新开辟的路走，沿路植被也多，我一路走一路看，遇到不少的新面孔，比如草地上的鹅肠草和毛茛，小花儿黄黄的、白白的，真叫人愉快。快走到一个小亭子旁了，隔着百十步的距离，我眼尖地看到悬在那儿的一串紫藤花。只一串，旁边有一棵尚在沉睡的紫薇衬着。这一串紫藤花欲开未开，已把颜色的秘密泄露无遗，是温柔的蓝紫和珍珠白，高雅而迷人。我不可置信，问那人："是塑料的吧？"他疑惑道：

"嗯，差不多是塑料的。"由不得我们不这么想，现在有些地方为了美化环境，经常用些塑料花来冒充真花的。我不带希望地跑过去摸了一摸，唔，潮乎乎的。是活的，是有着体温的花啊！紫藤花提前开了？这下把我高兴坏了。按惯例，要到四月中旬，才是它的花期。

我们站到那一串花跟前，兴致勃勃，像捡到一串宝贝。谁也不能预见下一个路口会遇见什么，只有走下去，才知道。所以你要不停地走，不要停下你的脚步，或许就能交上好运呢。就像我，在早春的寒天里，遇到一串紫藤花。

古人称紫藤为藤萝。"萝"本就是指爬藤植物，再加了一个"藤"字，说明它是以藤见长。"下如蛇屈盘，上若绳萦纡"，白居易这么形容。可惜他对紫藤印象不佳："谁谓好颜色，而为害有余。"又"岂知缠树木，千夫力不如。"他鄙夷紫藤的依附，认为它是为害一方的。他当然是借紫藤喻人，只是紫藤何其无辜，它只不过以它自己的方式生存而已。

喜欢紫藤的人，则喜欢得不得了，李白有诗云："紫藤挂云木，花蔓宜阳春，密叶隐歌鸟，香风留美人。"在李白眼里，紫藤宜动宜静，宜情宜景，鸟雀宛转其间，美人花下流连，简直美好得不能再美好了。李时珍给予紫藤的评价则用了"可爱"二字：

> 四月生紫花可爱，长安人亦种之以饰庭池。江东呼为招豆藤。

紫藤花的确可爱得很。尤其当它的花蕾刚结出时，毛茸茸的一撮撮，挂在藤上，像悬挂着的一串串豆粒。花苞欲开未开时也可爱，如同少女抿紧的唇，唇上一抹蓝紫，十分明艳。一个一个那么明艳的唇挨在一起，勾人魂。等明艳的唇轻轻启开，滴滴流转的颜色就迸射出来，让人联想到晶莹的雨滴乱溅。花期鼎盛时，万千点紫色的雨滴，汇成溪流，喧嚣奔腾起来，如瀑布飞泻而下，真的有些惊心动魄呢。

有一年春天，我在山东潍坊一农家院子跟前，相遇一棵45年的老紫藤。它粗粗的藤，好似壮硕的胳膊，把一个院子完完全全抱在怀中。如梦似幻的紫色花穗，一枝一枝垂下来，拂起一缕缕紫色的风。我对紫藤花的主人说："你们住在这样的院子里，好幸福啊。"紫藤花的主人不无得意："这棵紫藤是我过周的时候，我父亲送我的礼物呢。"说话间，他的老父亲精神矍铄地走过来，请我吃他们刚做的紫藤花饼。老人家的身上，晃荡着一片紫色的波光涛影。我看呆了，想起孟浩然的诗："舞庭铺锦绣，妆牖闭藤萝。"如果能拥有这样一个有着紫藤花铺锦绣的院子，来人间这一趟，也是值了。

资料卡

紫藤

别　　名：藤萝、朱藤、招豆藤等。

科　　属：蝶形花科。紫藤属。

形状特征：落叶攀缘缠绕性大藤本植物。小叶对生。侧生总状花序，呈下垂状。花紫色或深紫色，花瓣基部有爪，每轴有蝶形花20~80朵。种子扁球形，黑色。

生长特性：对气候和土壤的适应性强，较耐寒，能耐水湿及瘠薄土壤。生长较快，寿命很长。花期4~5月。果熟8~9月。

分布区域：原产我国，以华北地区分布最广。朝鲜、日本亦有分布。

花　　语：醉人的恋情、依依的思念、执着、最幸福的时刻。

海桐带露入帘香

春末的花事里，海桐花是值得书上一笔的。

以前也不多见，只在人家的庭院里，偶尔见到一两棵。我任教的校园里，长着一棵，师生们谁也不去干涉它，由着它的性子长，它竟长到了两层楼那么高，蓬蓬的，四季常绿着，光洁清亮。我有时在二楼教室的走廊上，伸手去够，够着它聚生在枝条顶端的叶子。摘一片叶子，揉碎了闻，有淡淡的清香，很好闻。

它的花，更好闻。是浅浅的甜、幽幽的香混合在一起的味道，像一杯温温的老班章普洱茶。春末夏初，花们肯定会来报到，像闹钟一样的准时。当我们闻到空气中有海桐花的香了，就知道春天走了，夏天来了。那些聚生在叶子间的细白的小花，一簇簇冒出来，缓缓开着，像鼓起小小的帆，要远航去。人送它别称，七里香。我以为，七里可闻太夸张了，半里之内，肯定能闻到。

奇妙的是，那些小白花还会玩变脸。你今天看着是一张小白脸，明日去看，已染上淡黄了，就是一朵小黄花。我把这个伟大发现告诉了孩子们，下课的时候，就常有孩子聚在海桐树下，仰望着一树花，他们想亲眼验证是不是这样。

我和孩子们在教室里上课，海桐花的香，一缕一缕拂进来，在我们的唇上游走，让我们每吐一个字，都似含了香。这时我会停下来，让孩子们闭上眼睛，感受一下花香轻拂过来的温柔。孩子们听话地闭起眼睛，青春的脸庞，光洁闪亮，如同海桐清亮的叶片。多年后，那些孩子已长大成人，他们遇到我，都会跟我说起教室外的那一树海桐花。他们说，老师呀，只要看到海桐花，我们就想到老师你，是你教我们认识了海桐花，教会我们怎么去感受美。

我笑。我没有告诉他们，看到海桐花时我也会想到他们，想到我们一起度过的美好时光。人生有多少那样的缘分，可以相遇到一起，可以与一树花共同度过？有时，千年也未必能修得。

海桐原生于南海山谷之中。五代前蜀人李珣，对药草颇有心得，著书《海药本草》六卷，首次提到海桐："生南海山谷中。似桐皮，黄白色，故以名之。"在宋时，海桐曾一度被人唤作山矾。在得名"山矾"前，当地人还曾叫它郑花。这似乎跟一姓郑的人有关，或许是他先发现山野中有此花的。王安石有次于山谷中邂逅到郑花，大为喜欢，想写首诗来赞赞它，却嫌其名字简陋。好友黄庭坚得知，建议道，不如就叫它山矾好了。黄庭坚记下了这段趣事：

> 南野中有一种小白花，本高数尺，春开，极香，野人谓之郑花。王荆公尝欲作诗而陋其名，予请名曰山矾。野人采郑花叶以染黄，必借矾而成色，故名山矾。海岸孤绝处，补陀山译者谓小白花山，予疑即此花尔。不然，何以观音老人端坐不去耶。

补陀山即普陀山。观音菩萨为何爱上那里？原来是为了那些山矾花哩。"北岭山矾取次开，清风正用此时来"，风吹花开，或是花开风吹，都是人间盛事一桩的。

山矾之名有没有被王安石采用，不得知。自那之后，倒是有不少开白花的植物，被唤作山矾了。其中有的是海桐，有的不是。我的判断是，秋天里盛开的山矾不是海桐，大寒里盛开的山矾也不是海桐，海桐应该是陆游《初暑》里的样子："山鹊喜晴当户语，海桐带露入帘香。"

现在，海桐已成了寻常植物，它被修剪成球状，在路边蹲着。或是干脆做了人家的篱笆。这样降低身份它也无所谓，在哪儿不是一样开花呢？它就欢欢喜喜开着它的花了。黄昏时我外出散步，总能遇到一些。它还像从前一样，浅浅地甜着、幽幽地香着。某天，我邂逅到一只闯入它家的蜜蜂。只一只，不知打哪儿飞来的。这只蜜蜂也许只是好奇了一下，想看看海桐的家里到底藏着些什么，它本没有打算长住。谁想到它会沦陷呢！它大约没见过这么多的甜和香，简直跟井水一样多啊，源源不断着。它贪心了，喝了一口又一口，直到醉了。我看到它时，它正醉醺醺的，伏在一簇海桐花上打着饱嗝，肚子撑得快裂开来了，连屁股都变得圆滚滚的。翅膀敛着，它是飞不起来的了。我伸手帮它的忙，想让它飞起来。它扑棱一下，又一头栽下去。

你这是何苦呢？又没个谁跟你抢，这么多的海桐花哎，我对这只蜜蜂说。说完，却暗自羞赧，假如我是只蜜蜂，未必不比它更贪心啊。人的贪心有时比蜜蜂更甚哩。

资料卡

海桐

别　　名：海桐花、山矾、七里香、山瑞香等。

科　　属：海桐科。海桐花属。

形状特征：常绿灌木或小乔木。叶聚生于枝顶，革质。伞形花序，顶生或近顶生。花白色，有芳香，后变黄色。蒴果圆球形，3片裂开。种子多数，红色，有黏液。

生长特性：对气候的适应性较强，能耐寒冷，亦颇耐暑热。花期3~5月，果熟期9~10月。

分布区域：多见于长江流域及其以南各地。

花　　语：记得我。

红花檵木

在小城遇见红花檵木的那天，刚逢一场降温，天气有点寒冷，最高气温才 10 度。时令却已是初春了，一些野草野花们，早已迫不及待钻出土了，有模有样地过起它们的小日子。虽则冷风来吹，偶尔还会飘点春雪，它们还是兴致勃勃地开了花。叫人无来由地欢喜起来，没有不可逾越的冬天，再冰寒肃杀的日子，也终会过去的。

红花檵木也开起花来。不多的几棵，被修剪成个圆滚滚的大球，搁在路边绿化带中。在将绿未绿的草木间，红叶子映红花，相当的艳丽夺目。我惊喜万分地奔过去——我很意外，没想到我的小城也引种了它。

我第一次见到红花檵木，是在南方的一所中学校园里。那所校园建在一座山上，植被繁多，犹如一个大花园。给我留下印象最深的，是红花檵木。一进校门，它就率先跳进眼帘来。花红扑扑的，把枝叶遮得连丝缝隙儿也没有，一堆儿一堆儿地挨在一起，红得沸反盈天，简直比千万盏大红灯笼堆在一起还要红。我得知它叫红花檵木，心想着，这么美的花，要是我的小城也有就好了。

不知小城谁跟我心有灵犀，果真把它引了进来。那一日见到之后，我又在好几处见到它的身影。虽春天花多，然只要它出现了，还是能被人一眼看到。它一律被修剪得圆滚滚的，蹲在某个会所门口，或是某个公园入口处。并不显笨拙，反倒灵性十足，随时准备滚动起来的样子，叫人欢喜得想发笑。

红花檵木的祖先是野生檵木。为了给这个物种命名，当初创造出“檵”这个字的人，真是了不得。他把一棵花树，活生生地栽进汉字里——檵木开花的模样，实在像极了“檵”字的构成：树木之上，花朵丝丝飘拂，一朵四瓣。清人吴其浚在《植物名实考图》如是记载：

> 檵花，江西、湖南山岗多有之。丛生细茎，叶似榆而小，厚涩无齿。春开细白花，长寸余，如剪素纸，一朵数十条，纷披下垂，凡有映山红处即有之，红白齐炫，如火如荼。

虽说红花檵木是檵木的变种，但其花朵的形状与其祖先还是大致相像的，也是如剪纸一般，长寸余，纷披下垂。只是红花檵木是开红花的，玫红或大红。数朵聚枝端（我见到的都是 6 朵聚一起的），未开时蜷成一团，作势要奔跑似的。听到盛开的号令一响，它便立即舒展了身子，嘻嘻笑着，甩出条条红丝带，载歌载舞起来，美得像个传说。与这样的花相遇，你就好像撞见一场热闹的婚礼，分享了喜庆不说，还意外分得一把喜糖吃，令你久久沉浸在盛大的欢乐里。

资料卡

红花檵木

别　　名：红桎木、红桎木、红檵花等。

科　　属：金缕梅科。檵木属。

形状特征：常绿灌木或小乔木。树皮暗灰或浅灰褐色，多分枝。嫩枝红褐色。花 3 ~ 8 朵簇生于小枝端，大红或玫红，花瓣 4 枚，线形。蒴果褐色，近卵形。

生长特性：适应性强。喜光，耐旱，耐寒冷。萌芽力和发枝力强，耐修剪。花期 4~5 月，10 月左右再次开花。花、根、叶皆可入药。

分布区域：主要分布于长江中下游及以南地区。

花　　语：豪迈奔放、热情如火、相伴一生。

火棘，火棘

火棘的花，有种不声不响的喧哗。

路边伸出几枝来，从人家的铁栅栏里。五瓣小花沙白沙白的，形似缩小版的梨花，一朵挨着一朵，一朵叠着一朵，挤得密不透风。花丝长长短短，花药随意点洒，好似撒了些芝麻粒在上面。花的气味有点冲。那人说，臭。我替它辩解，哪里，人家这是香得有点过头了好不？

曾一度我把它当作野蔷薇的一种。它也是在野外生长，也是灌木状的，也是开白花儿的，也能抽出很长的枝条……这些，都挺像野蔷薇的。那时，我尚不知它的确与蔷薇有些亲缘关系的。它本就属于蔷薇科。

我很高兴这种植物现在也被引进城里来了。它把山野的风也给吹来了，又奔放又热情。人在这样的一丛繁花跟前，是很容易产生满足感的。风吹花开，世界变得如此灿烂、和蔼和温柔，还有什么不满足的？

想起上一次见到火棘，还是好几年前在重庆。朋友老杨带我去天坑地缝风景区，看天坑，看地缝。五月的午后，我们在曲里拐弯的山道上走着，眼前山山映绿，雾岚轻拂，扛着累累白花的火棘，突然跳跃出来，从绿里头，从雾岚里头。像奔跑而来的白狐。我被这奔跑着的花惊了一惊，它给我似曾相识之感，我脱口叫，野蔷薇呀。老杨笑了，老杨说，我们老家山上多着呢，我们叫它救军粮的。

老杨是大山里的人，年轻时就来重庆了，从摆地摊卖报纸开始，一路摸爬滚打，拥有了自己的书店，还开了好几家分店。只是实体书店现在不好做了，老杨也日日在亏损，但他仍坚守着。他说做了几十年了，有个情结在里面，也不去计较得失吧，哪怕还有一个人来书店，我的书店就不会关门。他说出这话，我就特别想帮他。我说以后只要你招招手，要我来你的书店做讲座，我风雨无阻，一定前来。我喜欢有情有义的人，何况是对书的情义。老杨说小时家里特别穷，没少拿这救军粮填肚子的。秋天它的果子成熟了可漂亮呢，像小号的山楂果，彤红彤红的，老杨笑得憨憨的。

有关救军粮的故事，在老杨那儿的版本是：某年深秋，诸葛亮领兵打仗，被敌军困于山中，眼看着弹尽粮绝走投无路了，士兵们突然被群鸟的欢叫声吸引。他们循着声音而去，看到鸟儿们正聚集在一簇簇红彤彤的果实之上，一边啄食，一边歌唱。诸葛亮想，鸟儿能吃的东西，人一定能吃。遂命士兵们采摘果腹，最终度过危机，转败为胜。事后，诸葛亮将这种野果子命名为救军粮。

我还听到另一个版本，故事的主人公换成曹操了。说是某年金秋十月，曹操率十万大军，和一个叫张绣的军阀开战。曹军粮草被烧，败逃。在前不着村后不着店饥饿难耐之际，他们闯进一片野果林中。一丛丛火红的果实，如火把似的，在枝头熊熊燃烧。曹操也不管三七二十一了，当即命令士兵们采食。他想，被毒死总比被饿死强。结果，大出他的意料，这种果实不但没毒，还挺好吃的。就这样，曹操的大军度过了饥饿，大败张绣。曹操不忘这野果子的救命之恩，特地重返那片野果林，三叩九拜。向人寻问其名字。答，无。他便一时兴起，称之为救军粮。

无论是哪个故事，火棘都施人以恩德。它生来就是要做慈善家的，分给人们花的灿烂、果的甘美、叶的四季常青。它真的如火一样的，一生都在发热发光。我想等秋深了，找个机会，去趟老杨的老家，看看满山的火棘红彤彤的样子。在老杨的形容里，山山谷谷都插满冰糖葫芦了。杜甫的诗里有“山禽引子哺红果，溪友得钱留白鱼”，宋人王谌的诗里有“栗鼠咀红果，山禽堕翠翎”，他们说的红果，都该是火棘才是。山鸟吃得，栗鼠吃得，我当然也吃得。我就随便采两颗吃吃，顺便再听老杨讲讲他书店里的事。那时候，山风吹着它的风，火棘红着它的果，我和老杨呢，虽说一把年纪了，可还是有梦想在发光的。

资料卡

火棘

别　　名：救军粮、火把果、红子刺。

科　　属：蔷薇科。火棘属。

形状特征：常绿灌木或小乔木。复伞房花序。花冠白色，花瓣5枚，近圆形。果实近球形，橘红色或深红色。

生长特性：喜强光，耐贫瘠，抗干旱。花期4~6月，果期8~12月。

分布区域：中国黄河以南及广大西南地区。全属10种，中国产7种。

花　　语：慈悲、吉祥、温暖人心。

蔷薇折

蔷薇太好长了。去年春天，我随手在书房的露台上，插了两枝，一年过去，已是一片葳蕤。它便有些忘乎所以了，竟野心勃勃地想占领下我的整个露台，我不得不狠心剪去它的一些枝条，好给其他的花草留点空间。

对蔷薇的记忆，是痛并快乐着的。小时我没少被它刺伤过，手指被刺出血来，是常有的事。最怕的是那些小刺断在肉里面，会肿，会害疮。然又不吃教训，每每要去招惹它。它的花，实在太香了，太甜蜜了。

它生长在一条沟渠旁。那里还长着几丛枸杞，还长着几藤萝藦，还有些野蒿子、小刺槐、茅草什么的。反正植物的世界你搞不懂，它们来自不同的地方，有着不同的习性，开着不同的花，唱着不同的歌，却能待在同一片天地里相安无事，和睦亲厚。平时我们也不大留意那个地方，但一旦蔷薇花开，我们的脚步，就不由自主地往那儿跑了。它的香销人魂，似有动听的声音在招着你，快来看呀，我开了呀开了呀。声音甜甜蜜蜜的，像白糖被温水融化。

它的模样也俊俏，花瓣白乎乎的，花蕊像摊开的鸡蛋黄。当然忍不住要采它。谁让它那么香那么好看！我们采得理直气壮。可它却不是好惹的，枝条上布满刺，茎上布满刺，即便是那莹白花朵的花托上，也密布着数不清的小刺，它把自己弄得像个小刺猬似的。然我们还是采得一捧，把它插在猪草篮子边上。白白的花朵跟着我们的走动一颠一颠的，香气也跟着一颠一颠的，我们大口嗅着，真香哪。我奶奶瞟一眼我们的猪草篮子，用叹息的口吻说，啊，野蔷薇啊。那时不懂奶奶怎么叹息了呢。多年后，我懂了，太过美好的事物，是叫人叹息的，“大都好物不坚牢，彩云易散琉璃脆”。然小孩子的心思却没这么敏感，他们只晓得当下的美与好，反倒能握住更多的快乐和幸福。

那时见着的蔷薇都是野生的，且都开白花。十五六岁，我到离家三十里外的老街上读高中，借住在老街上一远房亲戚家里。亲戚家的住房本就紧张，又添上我，实在有些挤。我的内心就存着自卑和歉疚了，每回去往亲戚家，脚步都是凝重的。五月的一天，我刚拐进亲戚家的那条巷子，就闻到一阵花香，是我熟悉的蔷薇花的香。我讶异地一抬眼，看到一户人家的院墙上，趴着一大丛粉粉的蔷薇花，朵朵胭脂轻染，细皮嫩肉的，冲我笑着。我吃惊起来，原来，蔷薇还有红色的、重瓣的呀。我在那里徘徊许久，终鼓起勇气，敲开院门，问蔷薇的主人讨得几枝，带给我的亲戚。亲戚有些意外，但她很快欢喜地接过去，满屋子找瓶子装。最后，她用她喝水的陶瓷杯养着。那珍重相待的模样，让我心头一松。因了那几枝蔷薇，后来的日子，我和她一直相处得很愉快。

五月，满城的蔷薇都开了，我的蔷薇也得到号令，陆陆续续开了，真个是“一架长条万朵春，嫩红深绿小窠匀”的。我的露台，渐渐成了蔷薇的露台，我待在露台的时间，越来越长了，有时能从黄昏坐到天黑，什么也不做，就那么看看天，看看花，听听风吹过蔷薇的声音。那声音里，带着蔷薇的一点粉红，几缕甜香。我暗暗祷告，希望它能抵达有心人的身旁。

这几日，晚上都有个好月亮，我便趁着月色，跑露台上折蔷薇了。带着露珠的蔷薇，更是香气盈盈，折几枝插床头，梦都是蔷薇花的梦了。想起北宋词人毛滂写的《秦楼月》："蔷薇折。一怀秀影花和月。花和月。著人浓似、粉香酥色。"我这也是效仿了一回古人的"蔷薇折"的，彼时，花和月和人，皆好。

资料卡

蔷薇

别　　名：野蔷薇、白残花、墙蘼、刺蘼等。

科　　属：蔷薇科。蔷薇属。

形状特征：落叶灌木。变种很多。茎刺较大且一般有钩。叶互生，叶缘有齿。圆锥状伞房花序。花色有乳白、粉红、大红、鹅黄、金黄多种。花朵有大有小，有重瓣、单瓣，簇生于梢头。

生长特性：耐干旱，耐瘠薄，较耐寒。花期 4~6 月，果熟 9~10 月。

分布区域：北半球温带、亚热带及热带山区。

花　　语：浪漫的爱情。

迷人的鸡爪槭

我觉得很完美的事物是植物，这是一个九岁的孩子说的。

她家的窗前长了一棵鸡爪槭。疫情期间，她和家人闭门居家两个多月，哪儿也不能去。那段日子，她最快乐的事是站窗口看窗外的那棵槭树。时间在那棵树上，一丝不苟地走着。她记得，秋天时，树冠红彤彤的，像火一样燃烧着。到了冬天，树上的叶子全掉光了，每一根枝条，都在风中舞蹈。春天来了，树上裸露的枝条上，萌生出了新嫩的绿芽芽。

在一个孩子眼里，植物的生命是如此的完整完美，从不曾止住它前行的脚步。如果一棵鸡爪槭会说话，它当用叶子、用花朵、用果实、用枝条来说。春天，它好忙啊，要忙着长叶，忙着孕育花蕾，忙着开花；夏天，它进入相对的成熟期，变得从容起来，不急不慌地结着它的果实，轻摇着它深绿的“小扇子”——那一片片叶子，恰如一把把小扇子。它给这个世界，种下一片清凉；秋天，它张灯结彩，进行一场庄严又隆重的告别，每片叶子，都“染透猩猩血”，风采华丽，倾倒众生；冬天，它删繁就简，枝条疏密有致，赤诚来见。

我是近几年才识得鸡爪槭的。以前或许也见过，但都把它跟枫树混在一起了。事实上，也有人称鸡爪槭为鸡爪枫的。槭树和枫树有时还真不好区分，它们有着太多雷同，特别是到了秋天，都披着一身鲜艳的红，人一见，就大呼，哇，好美的枫树啊。哎，说不定，那是几棵槭树而非枫树哩。

我讨教了一个教生物的老师，他对植物颇有研究。他教了我一个很简单的区分方法：看叶片。叶片大、有三裂的、交互生长在枝条上的，是枫树；叶片小、有五裂或七裂的、两两相对而生的，是槭树。我活学活用了一下，仔细观察鸡爪槭，它的叶片是两两相对而生的，每片叶子，都是七裂。

枫树的出现，是早于槭树的吧。在《山海经》中，就有了关于枫树的记载："有宋山者，有赤蛇，名曰育蛇。有木生山上，名曰枫木。"在屈原的笔下，枫树是长在江边的。当那一树树火红的枫叶，片片飘落，惹起他深切的哀愁："湛湛江水兮，上有枫。目极千里兮，伤春心。"

关于槭树的文字记载，是到了西晋才有的。西晋文学家潘岳在他的《秋兴赋》中，写了一连串秋天的愁景愁绪，写到院子里的槭树，他叹息道："庭树槭以洒落，劲风戾而吹帷。"这个时候，槭树是当作观赏树木移栽到庭院中的吧？只是让人有点纳闷的是，那之后的文学作品中，槭树几乎销声匿迹，枫树却频频摇曳，成了秋天最重要的文学意象之一。或许，人们是把槭树归到枫树一族了。

我查了查相关资料，还真是这样，鸡爪槭在古人那里，被叫作青枫。比如张若虚的"白云一片去悠悠，青枫浦上不胜愁"；比如皇甫冉的"坐啸青枫晚，行吟白日长"；比如李攀龙的"青枫飒飒雨凄凄，秋色遥看入楚迷"，如此等等，槭树与枫树完全混淆到一起，分不清你我了。

鸡爪槭四季皆有迷人处。秋天的红叶之美是不消说的。但我以为，那不是它的特色。它的特色该在花朵上。三月里，它就开始结花蕾了，浅绿的叶子间，垂着一撮撮朱红的小疙瘩，煞是活泼动人。四月初，风轻轻来捅，一个一个，捅破那些朱红的小疙瘩。这下好了，树上飞来一群又一群的“红蜻蜓”，艳红艳红的。那些小花朵，真像一只一只的红蜻蜓，给人惊艳之感。你看着看着，它们似乎在动，轻盈的翅膀，掠过翠绿的叶面，荡起翠绿的细波。你又一次见证了造物主的神奇，除了目瞪口呆之外，实在没什么好说的了。

资料卡

鸡爪槭

别　　名：鸡爪枫、青枫、槭树等。

科　　属：槭树科。槭属。

形状特征：落叶小乔木。树冠伞形。叶近圆形，掌状，常7深裂。伞房花序。花红色，花瓣椭圆形或倒卵形。萼片卵状披针形。翅果嫩时紫红色，成熟时淡棕黄色。

生长特性：较耐阴，在高大树木庇荫下长势良好。变种和变型很多，其中有红槭和羽毛槭常作园林树种。花果期4~9月。

分布区域：我国华东、华中至西南均有分布。其他国家也有栽培。

花　　语：坚毅。

橘色的唢呐

凌霄的睡姿一点儿也不优美，望上去，像条僵死的蟒蛇。

冬天，我走过桥头，看到它趴在凛冽的寒风中睡，身上赤条条无一丝遮挡，不免替它冷得慌。可它睡得真沉啊，身边的车水马龙惊动不了它。呼啸的风惊动不了它。一场大雪也惊动不了它。它依然熟睡着，纹丝不动，雪里头，隐隐露出它褐色的筋骨。

二三月，万物都渐渐苏醒过来，大地上一片忙碌繁荣景象。桥头的凌霄，却完全没有醒来的意思，褐色的茎，仍如僵死的蟒蛇，盘曲着。我走过它身旁，总要疑惑，它不会被冻死了吧？

节气也就到了清明。它终于睁开惺忪的眼，懒洋洋地伸了个懒腰。偷眼一瞄周围，呀，睡过头了呀。春已深，花事已过，那么多的热闹错过了，好可惜。它赶紧忙起来，唰唰唰，芽芽一颗颗长出来，红褐色的，像菜苔。这些“菜苔”见风长，长着长着，就变成翠绿的藤蔓和茎叶了。一两个星期后，它的枝枝蔓蔓上，爬满了新绿。再一两个星期后，枝繁叶茂起来，花苞苞便像吹气泡似的，一嘟噜一嘟噜地朝外冒。

我是亲眼目睹着这棵凌霄，怎样从大梦中醒过来，又是如何迅速蓬勃起来，占领一个桥头的。我与它的关系，比蚂蚁跟它的关系还要亲密一些了。我在它的身边走来走去，上面的每朵花，都热情地冲我吹着口哨。那些花朵不单会吹口哨，应该还会拨弄琴弦，轻吐鹂音。它的花，多像一只会唱歌的嘴啊，里面细长的花丝，犹如琴弦。花壁上，描着一条条深色的纹路，仿若抄写着一些五线谱。它是天生的音乐家么？

诗经年代，它也是这么唱着歌弹着琴地进入人的视野的吗？那时，人唤它苕：

苕之华，芸其黄矣。
心之忧矣，维其伤矣。
苕之华，其叶青青。
知我如此，不如无生！

天地不仁，视万物为刍狗。可谁说这不是天地最大的仁慈呢？再悲惨的年景里，四季照常轮转。再凄苦的境况下，叶照常绿着、花照常开着。我总觉得这里的凌霄，是上天派来安慰人间的。一腔忧愤在心，人生似乎行到绝境了，可只要有花在开，希望就在的。

凌霄擅长攀爬，爱登高望远，因这一特性，它没少被人诟病。白居易就曾劝人勿学凌霄："有木名凌霄，擢秀非孤标……托根附树身，开花寄树梢。自谓得其势，无因有动摇……寄言立身者，勿学柔弱苗。"凌霄也不好争辩什么，也不屑于争辩吧，它用行动说话。它抗得了寒冷，抵得住炎热，穿得过石隙，爬得了悬崖，哪里是柔弱和谄媚的呢？当它红艳艳的花朵，高悬在云台山的一面山崖上的时候，就是一盏盏燃着的灯笼啊。我仰望着，望得热血沸腾。

它也能放低身段，低到尘埃，而不觉卑微。我的小城拿它装点桥头，拿它装点小区的围墙，它也高高兴兴应承下来，认认真真履行着开花的职责。藤蔓从桥栏杆上低垂下来，从小区的铁栅栏上低垂下来，花朵跟着低垂下来，一直低到泥地上。这太好了，你想看哪朵花，凑过去，就能跟哪朵花脸对脸了。你可以像只蚂蚁似的，不慌不忙地，从从容容地，把那朵花从头看到脚，从外看到里，连同花壁上的每一条纹路，都细细看个遍。

蚂蚁们成群结队，跑到它家来做客，盘踞在花心里，觥筹交错。你觉得蚂蚁们有些过分了，全然不懂礼数。又为它的低到尘埃而欢喜。这样多好，不用让人仰着脖子望。只是，当调皮的鸟儿，拿这些花朵当唢呐吹，会不会吓上一跳，哇，怎么吹出这么多只蚂蚁来了？

说真的，它的花朵，真像一只只橘色的唢呐。

资料卡

凌霄

别　　名：紫葳、五爪龙、倒挂金钟、吊墙花、芰华、藤罗花等。

科　　属：紫葳科。紫葳属。

形状特征：落叶攀缘藤本。茎干木质化，以气生根。奇数羽状复叶，对生。圆锥花序。花萼钟状。花冠内面鲜红色，外面橙黄色。花丝线形，细长。花药黄色，“个”字形着生。蒴果顶端钝。

生长特性：适应性较强，耐寒，耐旱，耐瘠薄，病虫害较少。花期5~8月。

分布区域：我国大部分地区都有栽种。在日本、印度、越南等国也有栽培。

花　　语：敬佩和声誉、慈母之爱。

点点红帆

朋友家养了一盆三角梅，春节期间开了花，紫红的花爬了一墙。朋友很得意，拍视频给我看："瞧，我养的三角梅。"我改了一下她的旁白："瞧，我养的娃。"朋友大乐："是哎是哎，养花如同养娃。"

我也很喜欢三角梅。第一次见它，还是十多年前的早春，在无锡。我为寻找老码头，跑进一条很旧的巷子里。一家的天井敞着门，天井里，摆一口大缸。缸里一棵三角梅，爆炸了似的开着，紫红的一大缸，看不见一片叶。我惊异得不得了，花怎么可以这等开法，就跟不要命了似的？探头想进去看个分明。一个男人突然从门内走出来，他无比警惕地看着我，语气很不友好地问："干什么的？"我讷讷不知作何答，情急之下，伸手一指那一缸的花，迸出一个字："花。"他扭头看一眼花，再看一眼我，脸色并没有和悦起来，嘴里咕哝一句，神经病。然后回转身，"啪"地关上了院门。说真的，那一声"啪"真的撞疼了我，让我好半天缓不过神来。我也替那一缸的花担着心，它一定也被撞疼了。一个拥有花的人，一定要温柔一些啊，花在看着呢。

从无锡归来后，我寻过这"大缸中的花"，却没再遇到过。直到几年后，我到广东佛山去，见到了铺天盖地流淌着的红，始才知，它叫三角梅，南方人也爱唤它簕杜鹃，或是叶子花。它鲜丽的三枚大苞片，具有很大的欺骗性，你乍见之下，以为那就是它的花瓣呢。事实上，它真正的花，是藏在苞片里的，小小的三朵，黄中带绿。如同藏在母亲子宫里的三个婴儿，外面再多的风雨交加，也不怕的。它在南方是寻常植物，哪家宾馆门口，总要挂着几蓬的，瀑布一样飞泻下来。随便一家院子里，也一定有一蓬三角梅，欢呼雀跃地开着花。最惹眼的莫过于一些公交站台，人站在廊下等车，廊上垂挂下一撮撮大红或紫红的三角梅来，密匝匝的，映得人的身上，波光潋滟。我离得稍稍远一点，把那样的景当画来赏。我好希望等车的人会抬头看一眼头顶的花，看一眼也好啊。他们便会知道，他们与怎样的美待在一起。

三角梅来我国的时间并不长，前后不过百十年光景。1872 年，一个叫 MacKay 的英国人把它带到台湾。之后，它在南方一带抱团扎堆，蔓延到各地。盛夏在海南，烈日照得所有植物都耷拉着脑袋，唯独海边的三角梅，精神抖擞斗志昂扬着，紫的红的颜色，仿佛无数条彩鱼彩虾在蹦跳。我踩着滚烫的路面，跑去看它。耳畔似有锣鼓喧天，喜洋洋一支庞大的迎亲队伍呀，望不到头。它挥舞着紫，挥舞着红，热情地邀请道，来呀来呀，唱起来呀，跳起来呀。你不由得就想唱一支歌了，就唱“维鹊有巢，维鸠居之。之子于归，百两御之”吧。据说在它的故乡——南美洲的秘鲁、巴西等地，从前每逢重大节日或婚嫁迎娶，女人们爱采了它的花戴在头上载歌载舞的。那样的场景，真是美极了欢乐极了。

秋天我到重庆，在那里住了一个星期，天天跑去山上看一丛三角梅。花累累的，从一棵树上披挂下来，如点点红帆。那个时候，时光是属于它的，人也是属于它的。隔两年，我故地重游，安顿下来的第一件事，就是跑去山上看它。它不负我所惦念，紫红的花朵，依然鼓胀如帆，猎猎飘扬。嗨，你好啊，你还记得我么？我冲它打招呼。眼前的色色都可亲可爱起来。此花安处，宾至如归。

资料卡

三角梅

别　　名： 簕杜鹃、叶子花、九重葛等。

科　　属： 紫茉莉科。叶子花属。

形状特征： 木质藤本状灌木。茎有弯刺，并密生绒毛。单叶互生。花细小，黄绿色，3朵，聚生于3片红苞片中。苞片色泽有鲜红、紫红、橙黄、乳白等。

生长特性： 喜温暖湿润、阳光充足，不耐寒。

分布区域： 我国南北方均有栽培。南方地栽，北方盆栽。

花　　语： 热情似火。

茸茸红白姿

合欢花开了。

我特别想把这个消息，告诉小区里的人。我在楼上，看到有人从楼下的合欢树下走过，他毫不在意地就那么走过去了，一树的绯红如朝霞般的，滚烫地盛开在他的头顶上，他却不知。我替他着急，很想叫住他，哎，你停一下，抬头看看啊，合欢花开了呢。

如果要给树木来场选美，我是要投合欢一票的。它是树木里的大美人。它的树形优美，高大茂密，俊朗飘逸；叶子也很优美，羽状复叶，互生。一叶羽片上，又生有几十对小叶，玲珑剔透；花朵更优美了，纤长的雄蕊，似些粉色丝线，底端素白，上端粉红。蜜黄的花药，隐约其上。无数条这样的粉色丝线，扎成了一把把小扇子，在枝头软软地摇啊摇，摇出一缕缕馨香来。你再多的灰暗阴霾，也被它给摇没了。《神农本草经》中说它："主安五脏，利心志，令人欢乐无忧。"后来人都引用这一说法，认为合欢蠲忿。宋人韩琦就曾作诗云：

得此合欢名，忧忿诚可忘。
茸茸红白姿，百和从风飏。

在韩琦看来，合欢之名讨喜得很。何况它容颜不俗，开起花来，粉红素白，团团茸茸，随着风轻舞飞扬，望过去，的确很治愈。当一个人专注于眼前的草木之美，心里面只剩下单纯的欢喜，那些负面情绪哪里还有位置呢？

我一天不知要看多少回楼下的那棵合欢。晨曦里看它，它容颜焕发得很，每一枚叶子都舒展开来，精神抖擞着。沾着露的花朵，在枝头轻轻摆动，舞蹈一般，尤显娇嫩鲜艳。这样的温柔叫人欢喜得很，又感伤得很，无来由地想到白居易写的诗句："世间好物不坚牢，彩云易散琉璃碎。"它也的确不坚牢，一阵风吹雨打，地上就掉落一层柔粉了。美的事物稍纵即逝，要珍惜啊。

黄昏里看它，又是另一番动人。夕照的光芒，有时是浓烈的金色，有时是浅淡的橘色，有时是雪青色混合着柠檬黄的。一树绯红的合欢花，跟着这些光线而发生着奇异的变化，似些漂亮的珊瑚闪闪烁烁。这时，枝头成双成对的小叶，慢慢合拢起来，像闭合起了秀长的眼睛。唔，夜幕降临了，它们要进入梦乡了。

更多的白天，它站在那儿，温文尔雅着，叶子做着叶子的事，花做着花的事。喜鹊和白头翁特别喜欢在它的肩膀上逗留，它们蹦蹦跳跳，抖动得一些枝叶和花朵轻轻颤动，涟漪四起。

合欢的花期，从六月底，能持续到八月中旬。花边开边落。花落后不久，果实成形，如青青的豆荚，扁扁的。在秋天里，它也会慢慢地黄了头，然看上去却没有一点颓败景象，反而更显别致秀美。到冬天，它疏朗有致的枝条上，残留着一些叶子的羽片和果实，远远看去，就像一些小雀蹲在那里，叽叽喳喳着，把天光嚼得四下里飞溅。我总要痴痴看上好久，等着哪只"小雀"率先飞起，把有关它的故事，广为传播。

资料卡

合欢

别　　名：马缨花、绒花树、合昏、夜合、乌绒。

科　　属：豆科。合欢属。

形状特征：落叶乔木。羽状复叶，互生。头状花序，合瓣花冠。雄蕊多数，基部合生。花丝细长，粉红色。荚果条形，扁平，不裂。

生长特性：性喜光，喜温暖。耐寒，耐旱，耐土壤瘠薄。花期6~8月。

分布区域：华东、华南、西南以及辽宁、河北、河南、陕西等省。

花　　语：合家欢乐。

风入紫薇

那人不喜欢紫薇花，他说，啊，紫薇花嘛，太碎了，乱乱的，看不清。

我代紫薇花不服气地回他，切，这就是人家的风格好不好，你想碎还不能够哩。

紫薇花可真“碎”，像些碎碎的棉布堆在一起，任再巧的手也无法裁剪的。每一枚花瓣儿都皱缩着，好似水面上荡起的涟漪。如果这个时候刚好来上一阵风，好了，风入紫薇，所有的花都“夭娇颤动，舞燕惊鸿”起来。无数色彩的涟漪，跟着一圈一圈漾开来。你很想摇一叶扁舟，唱着采莲曲，荡进去。对了，咱不采莲，咱采紫薇去。

紫薇花的色彩，最好看的，我推紫色。紫也不是纯粹的紫，是晕染着些许红的，特别艳丽。一千多年前，白居易眼中的紫薇花，一定也是这种颜色。所以，才惊着他了，让他感叹不已：“一丛暗淡将何比？浅碧笼裙衬紫巾。”

细看去，开着紫花的紫薇，还真像是穿着碧裙、在头上扎着紫巾的姑娘家，一个个容华婉婉，媠婳婆娑。如果一条路旁，全站着这样的姑娘家，那阵仗和排场就惊人得很了。我在这样的街道上走着的时候，心虚得很，又幸福得很。有君临天下的感觉。天空似乎格外蓝了，云似乎格外白了，眼睛所观之处，无一不是明艳的、洁净的。连吹着的风也是。

年少时美好的一章，这个时候，会被重新翻阅。那时，上学放学的路上，我总要路过一家苗圃。苗圃周围砌了高高的围墙，却挡不住一些颜色的出轨。这些颜色纷纷探出墙头，逗引得墙外的风都不安分了，成日醉醺醺地吹着。其中，最出挑的是紫薇。当看见它云锦一般的好颜色，在围墙上空浮荡着，我就像失了魂，早也看，晚也看，常因贪看它而上学迟到、放学晚归。一次放学路过，我终忍不住，翻过高高的围墙，进去采花，惊动了在苗圃里看门的大狗。大狗冲我狂吠，跳着扑向我，我吓得大叫。这一幕，自然逃不过看门人。

看门人生了一脸的大麻子，眼角吊着，样子看着很凶。他严肃地看着我，语调低沉地问："小姑娘你知不知道爬墙很危险？"我一声不吭，很怕他去学校告发我。

"你叫什么名字？念几年级？班主任是哪个？"他接着问。他果真要去告发我了。我想象着后果的严重，老师若真的知道了，我会不会被开除？同学们都会嘲笑我吧？没有学上，我可怎么办呢？我越想越怕，哭了起来。

看门人见我哭了，愣住了，他有些不知所措起来："你这个小姑娘，我只是跟你开了个玩笑，你怎么就当真了呢？"我抽泣着，将信将疑地偷眼瞄他。他笑起来，脸上的麻子看起来平和了许多。他出人意料地伸手折了一捧花，塞我怀里："这些都送你了。""以后想要花，就来找我要，不要再翻围墙了，摔断腿可不好玩哟。"他关照道。这巨大的反差，实在让我喜出望外。那天，我捧着满怀缤纷的紫薇花，蹦跳着走回家。眼前的田野河流，都放着光芒。

多少年过去了，有关紫薇花的那一章，一直鲜丽在我的记忆中。也没有什么特别的，就是每每看到紫薇花，我会自然而然翻到那一章，有暖意盈身。如今算起来，那个看门人该是个八九十岁的老人了。但愿他还活在这个世上，但愿还有紫薇花将他环绕。

资料卡

紫薇

别　　名：痒痒花、痒痒树、百日红、无皮树等。

科　　属：千屈菜科。紫薇属。

形状特征：落叶灌木或小乔木。树皮平滑。枝干多扭曲。叶互生，有时对生。圆锥花序，顶生。花瓣 6 枚，皱缩。花有红色、紫色、蓝色、白色等。雄蕊 36~42 枚。蒴果椭圆状球形或阔椭圆形。

生长特性：性喜温暖，且能抗寒，萌蘖性强。具有较强的抗污染能力。花期 6~9 月，果期 10~12 月。

分布区域：全国大部分地区都有分布。

花　　语：好运、沉迷的爱。

最好的清供

蜡梅不是梅花呀，蜡梅就是蜡梅，我一听到有人把蜡梅叫作梅花，就忍不住替它发声。

可是，它为什么占着一个“梅”字呢？这不挺奇怪吗？听的人不同意。

唔，这事儿还真不好解释哩。我只能这么说，它们不同宗，没有血缘关系，连远亲都算不上。蜡梅是蜡梅科、蜡梅属，梅花是蔷薇科、杏属。至于它为什么顶着梅花的名字，李时珍是这么说的：“因其与梅同时，香又相近，色似蜜蜡，故得此名。”我对这说法存疑：色如蜜蜡是对的，可蜡梅与梅花并不是同时开放的（或许明朝时是？），它的花期比梅花的要早一个月左右，它才是冬天真正的战士；它的香与梅花的也不相近，梅花是暗香，淡淡的、幽幽的，欲说还休。而它的不，它简直是一只活泼的小狐狸，媚眼儿忽闪忽闪的，只照见一面，你就为之沉醉。它的香是大胆的、蜜甜的、粘人的，于月色下、微雨中，尤其浓酽，仿佛有千万个蜂房，齐齐在向外输送着甜蜜。倘若院子里栽着一棵蜡梅，你一个冬天，都会泡在香甜的蜜罐里了。只可惜着，好这一口甜香的蜜蜂和蝴蝶，却注定今生与蜡梅无缘，一次又一次地错过。

每一年的蜡梅开，总是鼻子先知道。暮色中归来，寒风吹着冷，天空也似乎冻得结了冰，云层凝固不动，这该是一年中最冷的时候了。却有一股子甜香，悄没声息的，爬上你的鼻翼。你心头一喜，蜡梅开了？你顺着香，很容易就看见它了，站在一户人家的窗后，举着满枝头的花骨朵，像缀着一身的黄宝石，欢欢地笑着，眨巴着水灵灵的黄眼睛，追问你，我香不香，甜不甜？你不由得笑了，实在抵不住它的诱惑，采下一小枝握着，宝贝似的带回家，一屋子便游走着它的香它的甜了。

蜡梅花的颜色只有一种，是非常鲜丽的黄。无论是素心梅、磬口梅、虎蹄梅，还是金钟梅、狗牙梅，都是如此。它们虽在外形上有些差异，初心却无比一致：保持正统的黄色；酿造出只属于蜡梅才有的甜香。你可能会分不清迎春和连翘，分不清李花和樱花，但你从来不会认错蜡梅。这也许就是蜡梅选择在最冷的冬天盛开的意义吧，不同流俗。

历史上曾风靡了好几个朝代的“梅花妆”，也是因蜡梅而起。《宋书》上有这样一段记载：

> 武帝女寿阳公主人日（正月初七）卧于含章檐下，梅花落公主额上，成五出之华，拂之不去，皇后留之。自后有梅花妆，后人多效之。

这里的梅花，实指蜡梅。“当窗理云鬓，对镜贴花黄”，从南北朝时起，在额头上印上一朵蜡梅黄，就成了女子们的日常妆了。到唐时，这妆容更是进一步壮大，配上八字宫眉了。李商隐有诗云：“寿阳公主嫁时妆，八字宫眉捧额黄。”再后来，发展到各式各样的额前妆，颜色也渐渐脱离了蜡梅黄，出现了更为惊艳的梅花红。蜡梅也不管这些的，时髦的兴衰是人类的事，它只管一路走下来，走过一个朝代，又一个朝代，开着它的黄花，放着它的甜香。雪下得越紧密，它开得越浓烈，小身子里蓄着一股子狠劲，跟天寒地冻对抗着，越挫越勇。

站在一丛盛开的蜡梅旁，我总觉得它有着豪情万丈，不畏不惧。是啊，它要畏什么惧什么呢——我有一瓢香，可以慰风尘哩。年脚下，正是蜡梅开得最盛的时候，我会折一两枝回家。在青瓷瓶里，斜插一两枝蜡梅，是过年时节最好的清供了。

资料卡

蜡梅

别　　称：腊梅、黄梅等。

科　　属：蜡梅科。蜡梅属。

形状特征：落叶灌木。花着生于叶腋内，色黄，香气浓。花被片圆形、长圆形、倒卵形、椭圆形或匙形。花丝比花药长或等长，花药向内弯。

生长特性：耐阴，耐寒，耐旱，忌渍水。树体生长势强，分枝旺盛，根茎部易生萌蘖。耐修剪，易整形。先花后叶。花期 11 月至翌年 3 月，果期 4~8 月。

分布区域：我国大部分地区均有分布。日本、朝鲜、欧洲、美洲均有引种栽培。

花　　语：忠实、独立、坚贞、高洁。

第五辑

春露到秋风

没有什么不开心是花治愈不了的。

赤诚的水仙

每年冬天，我都会去寻几颗水仙球回来，搁在白瓷花盆里，让它们慢慢长。这已经成惯例了。有人说，一个动作若坚持两个星期，就会成为习惯。我这个动作已坚持二十多年了，成了日历一般的存在。

养水仙花，就跟养一个孩子似的。如果你有足够的细心，你会看到一个生命，在短短的一两个月之中，是怎么从无到有慢慢生长起来的。这是个相当有意思的过程，它先是拱破芽鳞，探出新芽来。新芽长呀长呀，抽出茎，抽出叶子。茎再慢慢抽长，叶子一片一片丰满，白瓷花盆里一派忙碌一派生机。它经历着它的幼年、童年、少年，直到青春起来，在它身边，你每天收获到的，都是奇迹。

它冒出花苞苞了，这真值得庆贺。我替它欢欣鼓舞，哎呀，你好厉害啊！这些小花苞绿绿的，跟颗小绿豆似的，从叶子根部探出头来。像是陡然间遇到生人了，拼命往母亲怀里藏着的小孩。它是单纯的、害羞的，这更惹人爱怜了。

不几日，花苞苞就鼓胀得不得了了，外面一层苞片，被撑得透明起来。好似怀了孕已足月的妇人，在那里抚着肚子直嚷嚷着，哎哟哎哟，我要生了。

我看着好笑，等着看它的娃。一夜过去，它已悄悄完成了分娩。它的娃可真不赖啊，主花冠白净净的，副花冠黄艳艳的，模样清秀出尘，还自带着一身奇香。这一朵之后，紧接着，第二朵开了，第三朵开了，第四朵开了……有时在上午开，有时在下午开，有时在夜间开，满屋的馨香弥漫。想想吧，每天都有几朵花在为你勤奋地开着，为你悉心地播着香，你的日子是不是变得特别不一般了？你实在很愿意就这么活着，长长久久地活下去——为了这些花。

花一直开，一直开，开了足足有二十天。等它的兄弟姐妹全聚齐了，我数了数，一盆里，居然开出二十二朵花。盛开的水仙，有种赤诚，赤诚得近乎坦白。对着它看久了，是要脸红的，因为你做不到它那样的赤诚。

黄庭坚得好友王充道相赠的五十枝水仙，开心地作诗一首咏之：

凌波仙子生尘袜，水上轻盈步微月。
是谁招此断肠魂，种作寒花寄愁绝。
含香体素欲倾城，山矾是弟梅是兄。
坐对真成被花恼，出门一笑大江横。

黄庭坚把水仙比作神女，又拉来山矾和梅为兄为弟，不吝赞美之词。赞到最后，他来了一句“坐对真成被花恼”，把赞美之情推到极致。乍一看，似乎是在埋怨好友王充道，你呀你呀，送什么不好呢，偏偏送这勾人魂魄的水仙花来，害得我整日里心绪紊乱呀。事实上，他心里美得很哩，被水仙花左抱右拥着，不啻是个神仙呀。所以才有了出门的放声一笑，但看万里江河横流。被花恼，原是多么幸福的一桩事。

在水仙花的馨香环绕中，我总要想到一个老中医。年轻时，我在一个小镇工作，一段时期，身体相当不好，去找老中医看。老中医为人谦逊厚道，十里八乡的人生了病，都爱找他看，常常要排队候着。他提供凳子让人坐着等，还免费提供茶水。且随时备着糖果糕点，遇到带小娃娃看病的，他会笑眯眯抓些糖果糕点哄着小娃娃。他用药极吝啬，有时会把一片药切成两半，嘱咐病人，吃一半就好了。他说，是药三分毒哟，可不能乱吃。他给我号脉，慢言轻语地问我些什么，然后，用蝇头小字，给我开方子。我喝了他开的几期中药，身体慢慢调理好了。老中医特别爱养水仙花，一到冬天，他家屋里屋外，摆满了水仙花，有几十盆之多，风姿绰约着。老中医说，水仙花干净着呢。他的这句话，让我从此爱上水仙花。

老中医活到八十九岁，安详而去。为他送行的人，排了好几里路。

资料卡

水仙

别　　名：凌波仙子、雪中花、玉玲珑、天蒜、金盏银台等。

科　　属：石蒜科。水仙属。

形状特征：鳞茎卵球形。叶宽线形，扁平，粉绿色。花茎几与叶等长。伞形花序，花梗长短不一。花冠筒状，色白，裂片 6 枚，开放时平展如盘。副花冠浅杯状，鹅黄色或鲜黄色。气味芳香。

生长特性：喜阳光充足，喜温暖、湿润。秋冬生长，早春开花，夏季休眠。

分布区域：我国大部分地区都有栽培。欧洲是它的原产地。

花　　语：纯洁、吉祥。

黄色花中有几般

李时珍在《本草纲目》里提到迎春花，曰："处处人家栽插之。"引我一通遐想，若果真如他所说，当春天来临时，无论乡野，还是城镇，所有的人家岂不是都披上了黄金袍？那景象实在太富丽了。

古人对迎春花的喜爱确是真的，赐它"迎春"之职，这恩宠就非同一般。春天的到来是件多庞大多浩荡的事啊，它做了迎宾的，若没一身好本事，怕还真应付不来哩。

它的好本事在哪呢？我以为，第一是它不娇气。这一点太重要了，吃得下苦耐得住劳，方能担当重任。它是落叶灌木丛生植物，不惧寒冷，不择环境，折根枝条插土就能成活，且随遇而安，性子好得不得了。古人把它与梅花、水仙、山茶花合称为"雪中四友"，可见得它是值得倚重和信任的。

第二是它不自负、不自满。宋代文人韩琦曾这么夸它：

覆阑纤弱绿条长，带雪冲寒折嫩黄。
迎得春来非自足，百花千卉共芬芳。

它在雪里生寒风里长，柔弱的枝条披霜冲雪，绽出一粒一粒嫩黄，把春天吸引而来。却不曾以功臣自居，也没有一点点自大自傲，而是唤来万紫千红共享春天，一起吐露芬芳。

好多人常把它与连翘搞混。它若知道了，定会无可奈何得很，它要跟粗心的人说什么好呢？它与连翘虽然都爱穿一身黄衣衫，虽然都属于灌木类，但差别还是蛮大的。它的花朵是六瓣的（偶有五瓣的），椭圆形，整朵花看上去精致、秀气、欢欢喜喜的，像只高脚小碟子。连翘的花朵是四瓣的，长圆形，整朵花看上去有些潦草、隐晦、落落寡欢，好像受了什么委屈似的。如果你想更详细地比较一下，还会发现很多不同，比如，它的枝条是四棱形的，实心的。连翘的枝条是圆形的，空心的；它的小枝是青绿色的。连翘的则是浅褐色的；它的花极少结果实，连翘的花是结果实的。

有则关于它的史话很有意思，是发生在白居易和朋友刘禹锡之间的故事。两人相交数十载，气息相和，世人称他们"刘白"。刘禹锡在仕途上几度被谗毁、遭贬，不得重用，却依然保持着铮铮傲骨，初心不改。白居易的仕途之路，也是遍布坎坷。这两人时常凑在一块，游历唱和，相交甚欢。这年二月，大地还在沉睡中，得大唐新进士们无比青睐的杏园里，一大丛的迎春花，早早开了，白居易看到，喜不自禁。他忙忙修书一封给刘禹锡，让他速速前来赏花。书信中，他风趣地写道，我这是"代迎春花招刘郎中"哩：

> 幸与松筠相近栽，不随桃李一时开。
> 杏园岂敢妨君去，未有花时且看来。

白居易对迎春花是青睐有加的，有次他在赏完迎春花后，即兴赠诗给另一友人杨郎中，写下这样的诗句："金英翠萼带春寒，黄色花中有几般？"几乎把迎春花推崇到无花能及的地步了。想来刘禹锡接到他的信后，定会快马加鞭赶了去，这早春的第一场花事，岂能错过？

他们实在是很有意思的两个人，有着满满的活泼的生机。那生机，叫热爱。就像迎春花开在早春的枝头，簇簇明艳的鲜黄，驱走寒凉。你见着了，你由衷感到喜悦，你的生命，便因此多了一些鲜亮。你变得更眷恋这个世界了。

资料卡

迎春花

别　　名：迎春、小黄花、金腰带、黄素馨。

科　　属：木樨科。素馨属。

形状特征：枝条下垂、扭曲，光滑无毛。叶对生，小枝绿色。花小，花萼绿色。花冠黄色，多为六瓣，长圆形或椭圆形。

生长特性：耐阴，耐寒，耐旱，喜阳光，在酸性土中生长旺盛。根部萌发力强。

分布区域：我国大部分地区均有栽培。

花　　语：相爱到永远、顽强的生命力。

送你一只“香囊”吧

我书房的桌上，搁着一朵结香，是那人带回来的。

结香开着的时候，我俩散步时路过一旁，他有时会忍不住跑去摘一朵——是实在架不住它的香。我宽宥着他的这点不良行为——他摘花时，眉眼间跳跃出的欣喜，如同小孩子般的，还有那小心翼翼托着花朵的样子，真是动人。一个眼中有花鼻中有香的男人，是柔软的。我想，结香也会原谅他的吧，它挂了一头一身的“香囊”，就是想赠给有缘人。

他带回来的这朵，是已经开败了的——结香已完成它辉煌的使命，走入下一个轮回了。原先满枝丫的金黄闪耀，现在，已被平和的灰白替代。它也不去回顾青年时候的事了，那些镂金镶银的璀璨，那些阔气大方的好年华，都已过去。一些绿叶子从它的残花败絮中钻了出来，它平静地看着，平静地凋谢，碎绒线一样的花瓣儿，落了一地。在它，生命是个接力棒，开花是使命。长叶子是使命。凋零，也是使命。

我却不免总要回忆起它的好光景，那也是我的好光景吧。我翻了下日记，是在去年的 12 月 5 日，我记下这样一则：

傍晚，寒凉。起风了，风把窗外夹竹桃上最后几片叶子刮没了。我还是决定出去走两步。西边天的落日，如红珊瑚。我沿着屋后的小径，一路向西。桥头的凌霄，枯藤如僵死的蛇。

> 木芙蓉被修剪得剩下秃杆直直竖着，像插着些长筷子。海棠树上的叶子不多了，却还冒出一两朵晚开的花，美人眉心的一点红痣似的，真叫人惊奇啊。最叫我惊奇的是，结香的枝条上，垂挂着无数个“小香囊”，唔，结香结出花蕾了。花蕾是淡绿色的，虽还小得很，像小麻雀的泪珠儿，但几十粒聚在一起，已看出是个香囊的雏形了——它真是个吃苦耐劳的好姑娘啊，这么冷的天，别人在睡觉，它却没日没夜在织着“香囊”。

从那日起，我只要去屋后散步，必去看看结香。路边长了三丛，每一丛都不肯偷一点点懒，一天一天的，它们在暗里头，酿造着奇香，埋头织着献给这个世界的礼物——“香囊”。我一天天，看着它们的“香囊”一只一只鼓起来，那里面塞了好多好多香——这我是知道的，我因这个知道，而欢喜得要命。我等着它放出香来。

一月末，我再去看它，那些鼓起来的花蕾，有的已撑开，露出艳艳的一点黄，如同点燃了小小的蜡烛头，小身子是灰白的，吐出来的火焰却是金黄的，一闪一闪的，每闪一下，都放着奇香。把人心头的灰暗阴霾，照得透亮。寒冷的天，不觉寒冷了。春天的脚步，亲切地响在耳畔。

不几日，那火焰越燃越晒，直至整丛植株都燃烧起来。那熊熊跳跃的金黄，任谁走过它身旁，也不能视而不见。值此时，它的生命，到达沸点。空气中，密布着它的浓香，风一拂，便如波涛般汹涌，四下奔流，不舍昼夜。天气渐渐和暖起来，一些植物在苏醒中，这与它竭尽全力的燃烧不无关系吧？它是向光向暖向着春天的，怨不得从前的人们，爱在它枝头打结许愿，期望着能梦想成真。

我也曾做一傻事，细数它一只“香囊”上，到底聚集着多少朵花。我数出 52 朵来。它的每一小朵花，都是十分美貌的，有着长长的花管，咧开的四瓣儿组合起来，像笑嘻嘻的一张脸。正面金黄，背面灰白，摸上去如绒线般的柔软。纵现在它褪去铅华，那生命的质地，也没有改变一丝一毫，还是如绒线般的柔软，也还是保留着原先彻骨的香。比如我书房里搁着的这一朵，什么时候闻着，都是香的。结香的一生，是为了酿香而活的一生。它只专心专意地做着这一件事，做得非常成功。

一个人的一生，倘若也能如结香这般，只集中精力做一件事，结果会如何呢？其实根本用不着猜想那结果，坚持的本身，就是最大的成功。

资料卡

结香

别　　名：打结花、打结树、三叉木、黄瑞香、家香、喜花、梦冬花。

科　　属：瑞香科。结香属。

形状特征：灌木。小枝粗壮，褐色，常作三叉分枝。叶在花前凋落。头状花序顶生或侧生。具花30~60朵，成绒球状。花顶端4裂，裂片卵形，黄色，芳香。果椭圆形。

生长特性：喜半湿润喜半阴，耐寒。花期冬末春初，果期春夏间。

分布区域：河南、陕西及长江流域以南诸省皆有野生或栽培的。

花　　语：喜结连理。

就像朋友来了

兰花可不好养哦，每当我说我想养一盆兰花时，我的朋友都这么对我说。

我认可了这种说法。兰花的尊贵在那儿摆着呢，大凡太过被看重的事物，是脱不了被娇生惯养的嫌疑的。我是个有些粗枝大叶的人，让我小心翼翼地去呵护一盆花，我做不到。

但我对兰花，又实在是仰慕得很的。从屈原的“纫秋兰以为佩”，到李白的“幽兰香风远，蕙草流芳根”，到刘伯温的“幽兰花，为谁好，露冷风清香自老”，到康熙的“不因纫取堪为佩，纵使无人亦自芳”，兰花的神秘、纯洁、清芬与典雅，在我的心头种下根了。我是非要养一盆兰花不可的。

年前，朋友小朱给我送来一盆。

说起小朱，也是蛮有趣的一个人，他在我眼里，就是个孙悟空，会七十二变的。他搞过家装，搞过运输，搞过餐饮，搞过旅游，还卖过服装，卖过儿童玩具。现在改行鼓捣花卉，在这行里，竟也如鱼得水起来，开了间很大很大的花卉批发门店。“现在的人啊，讲情调哩，都爱捧个花儿草的回家摆着。”五大三粗一男人说起花儿草的，特别有感染力。好像那花儿草儿的，在他脸上开着花呢。

我看他捧来的这盆兰花，一丛长长的绿叶子站着，没什么特别的。我说：“若是它能一直这么绿着，就这么赏赏叶子也不错哟。”

小朱笑了：“它可不仅仅是盆绿植，这是墨兰，它开的花你一定喜欢。”

墨兰？就是传说中的紫兰么？我很欢喜了。“紫兰秀空蹊，皓露夺幽色。馨香岁欲晚，感叹情何极”，一阵幽幽的兰香传来，张九龄对着空谷小径感慨万千。只是它怎么就叫墨兰了呢？是因它的形状像一幅水墨画，还是它本身就是水墨给染出来的？吾乡人形容有学问的人，爱说一句，这人肚子里装着墨水呢。想来这墨兰的肚子里，也是装着一肚子墨水的。兰花家族也庞大，春兰、惠兰、建兰、秋兰、寒兰、君子兰，真是近亲远亲一大堆，没一个沾着墨水的，就它与众不同。

小朱说：“很好养的，你就不要管它，让它自己长着好了。隔个一二十天的，浇一次水，散光照着就行。”

这下我放心了。我把它搁在花架上，让它独自待着。得闲了，去看看它，这一看，吓了一跳了，它居然不声不响就结出了花蕾。长长的叶片间，抽出两枝花茎，亭亭而立，上面均匀地缀着些“小疙瘩”。我数了数，一茎上是 11 粒，另一茎上是 12 粒。宛如小楷笔的笔头，悬着，似乎随时准备挥毫泼墨。它是想写诗歌呢，还是想写小说？我看着它，觉得好笑。

也就很留意它是如何开花的了，每日里花大量时间在它身边待着，亦不觉得是浪费。不过一两天，它的花蕾鼓胀起来，如同饱蘸了浓浓的墨水。又过四五天，它的苞片慢慢儿地裂开，一瓣一瓣。缓慢得像在播放一个纪录片。它在苞片上描上暗紫色的花纹，这个时候，唇瓣也吐出来了。它换了种颜色来描唇瓣，是柔和的浅黄色。描完，它仿佛嫌浅黄色不够出彩，又在上面洒下点点暗紫的斑点，如同长了些可爱的小雀斑。整朵花的气质立即上去了，活泼、文艺、高贵。

墨兰的香气也好闻得很，是很文艺范的，既不过于热烈，也不过于怠慢浅淡。适合做成香水，喷洒在有情人互寄的信笺上。我给它拍了照片，发到朋友圈，在后面配了行这样的文字：

我的墨兰开了，我日日有美人可赏，有香气可闻。

文友春鸣欢喜地在后面留言道，真好，就像朋友来了。

唔，我心一动。是的，真好，就像朋友来了。

资料卡

墨兰

别　　名： 报岁兰、入岁兰。

科　　属： 兰科。兰属。

形状特征： 地生植物。叶暗绿色，长，有光泽。花葶从假鳞茎基部发出，直立，较粗壮，一般略长于叶。总状花序具10~20朵或更多的花，常为暗紫色或紫褐色。也有黄绿色、桃红色或白色的。唇瓣近卵状长圆形，不明显3裂。有香气。蒴果狭椭圆形。

生长特性： 喜阴，忌强光。喜温暖，忌严寒。喜湿，忌燥。花期10月至次年3月。

分布区域： 我国南部、西南部的野外均有分布。

花　　语： 娴静、青春永驻。

通向蜘蛛巢的茑萝

第一次见到茑萝，是我刚从乡下调到城里不久。我进了一所中学做老师。那是一个老校区，前身是所师范学校。校长姓崔，他任职期间做的最大贡献，是在校园里种植了上百种花草，把校园经营得像座大花园。常常我正盯着某种花看，就会有人在旁边做补充说明，哦，这是原来师范学校的崔校长种的。我看榆叶梅时有人这么说。我看海桐时有人这么说。我看凌霄时有人这么说。我看瓜叶菊时，有人这么说。我看茑萝时，还是有人这么说。那人说："啊，这是茑萝啊，是原来师范学校的崔校长种的。"我虽未曾与那个崔校长谋过面，却已深深记住了他。这世上，再没有什么记忆，能比得上植物的记忆吧？它会用叶子，用茎，用藤蔓，用花朵，用气息，提醒我们，曾经与它发生过联系的那些人、那些事，让我们重新思考活着，和人生的意义。平凡人的一个举动，其影响力有时也是极大的。

崔校长种植的茑萝，是和枫树、龙爪槐一起长的。茑萝纤细的藤蔓，如游丝一般，附着在枫树、龙爪槐上。细如松针的叶子，密密的，上面翘着五角星一般的红花朵。整个的气质相当的纤巧、秀美、柔弱，宛如一阕阕婉约的宋词，平平仄仄间，布满袅袅娜娜的韵脚。每念一个，都美得不可言说。因了茑萝，我在心里实在很感激那个崔校长，他种出这么好看的花啊。他一定是个比花更好的人。

我还很感激那个最初定下“茑萝”这个名字的人。

多好的名字啊，轻轻念着，就很美好。念着念着，屈原笔下那个美丽的山鬼，仿佛栉风沐雨而来，她“被薜荔兮带女萝”，她“乘赤豹兮从文狸”，她采了鲜花送给心上人，只为成全她千载的思念。

说起来颇有意思，茑萝完完全全是个外来客，它的故乡在热带美洲。然茑和萝，却是中国本土早就有了的蔓生植物。早在诗经年代，就有人拿它们打比方。那是在一场宴饮中，有美酒，有佳肴，受人敬仰的主人，和受邀而来的客人们欢聚一堂，其乐融融，如松柏之于茑和女萝一般：

> 有頍者弁，实维伊何？尔酒既旨，尔肴既嘉。岂伊异人？兄弟匪他。
>
> 茑与女萝，施于松柏。未见君子，忧心奕奕；既见君子，庶几说怿。

戴着华丽帽子的主人，热情招呼着来宾，豪爽旷达。美酒飘香，佳肴轮番呈上。喝着喝着，大家似乎都有些喝高了，就有人对主人唱起颂歌：“你的酒也好啊，你的菜也好啊，我们跟着你，就像茑草与女萝依附着松柏啊。见不到你，多伤心。见到你，多高兴。”不知为何，这表面的繁华欢乐友爱相亲，却让我读出深切的悲哀和卑微。那个自比是茑和女萝的人，怕是一生都在仰仗他人鼻息，而彻彻底底丢失了自我。

“新岸暗苍苔，乔木蔽萝茑”，宋人吕愿中这么写道。这才是我喜欢的植物的样子，顺着自然所赋予的那一副生命的本性活着，无所谓清高与卑微。苍苔暗生，乔木高大，女萝和茑纤纤弱弱，它们自在生长，相映成趣成美。爱也自然，被爱也自然，不露痕迹，自然天成。

自崔校长的茑萝后，我在街道边的花坛里，常常能遇见茑萝了。它实在好辨认，那独特的五角星般的花朵，那细如松针般的叶片，你只要认识一次后，绝对不会忘记掉。我每回见到它，都会高高兴兴跑去问问它的好。一次午后，在街边，我看到一个七八十岁的老人，微倾着头，朝着花坛，专注着盯着一丛茑萝在看什么。我悄悄走过去，站他身后，也看茑萝。一蓬，长得真好，花朵活泼，如星子闪闪亮亮。老人觉察了，他转头，嘿嘿朝我一笑，说："你看你看，这小花儿好玩着呢，它要爬到上面的蜘蛛巢里去。"

"唔。"我探头一看，乐了。在两棵月季之间，一只蜘蛛用银线织好它的巢，像件银色罩衫，晶莹闪烁，阔气得很。下面的茑萝见到，非常好奇，它伸长脖子，爬呀爬，最上面的一朵小花踮起脚尖，就快够着蜘蛛那银色的巢了。我和老人相视一笑，或许晚上，它就能到达蜘蛛家里做客了。

世界每天都有好玩的事情在发生。那通向蜘蛛巢的茑萝，让我更确信了这一点。

资料卡

茑萝

别　　名：茑萝松、五星花、羽叶茑萝、锦屏封等。

科　　属：旋花科。茑萝属。

形状特征：一年生草质藤本。茎缠绕。叶互生，羽状深裂。花序腋生，由少数花组成聚伞花序，朝开夕卷。有时花单生，具长花序梗。花冠高脚碟状，鲜红色，较少白色。蒴果卵圆形。

生长特性：喜光，喜温暖湿润环境。蒴果成熟后，自落于地，翌年自生。花期 6~9 月。

分布区域：在温带及热带地区，多有分布。

花　　语：忙碌生长、相互帮助、彼此关怀。

鹿韭和鼠姑

我在书房的露台上植了一株牡丹，去年开了一朵花，今年开了两朵。

花朵有碗口那么大，10 瓣，肉粉色。花丝紫红，花药深黄，像是用彩纸剪出来的。它们看起来娇娇的，如同两个小美人，结伴在我的露台上游玩，衣袂飘动处，暗香袅袅。这让我有种非常奇异的感觉，我上露台，就是去相会美人。

赏花的喜悦，不仅仅在于看到花开。中间等待的过程，也是相当快乐的。你知道那里有花在。你知道有一天它会开花。一切预料中的美好，都将发生，而你，是唯一的见证人。这是件多么美妙的事情。我是在二月末的时候，就发现牡丹的枯枝上，冒出褐红的乳芽。不几日，那上面又抽出了新枝。我像等一个孩子降生一般，等着它结花苞苞。它当然不负我所望，三月下旬，我再去看它，它已在老枝新枝上，各结出一个花骨朵。我兴奋极了。我怎么能不兴奋呢，这是我的花，如同小王子浇灌的那朵玫瑰，因为有了照拂和看顾，彼此的生命自此有了关联，它不是别人的，它是我的。再有人约我到某某处去赏牡丹，我不要去，我自己也有牡丹哩。

《神农本草经》中，把牡丹称作鹿韭和鼠姑。想来因牡丹原是生在山谷之中的缘故罢。那会儿，它与小鹿和小鼠们往来密切。小鹿把它当香韭而食。小鼠的情感似乎更丰沛些，它们把它当自家的神仙姑姑——

这当然是我的假想。不过，也有一个人如我这般设想过哩，那个人是宋代的卢梅坡，他写过一首《牡丹》诗，借用了牡丹和小鹿的关系：

玉栏四面护花王，一段风流似洛阳。
深院不须驱野鹿，只愁蜂蝶暗偷香。

人待牡丹花，如待宠物，雕栏玉砌地护着，再不必担心野鹿们前来采食。可却挡不住飞去自由的蜂蝶，它们想偷香，也就来偷香了。牡丹被人如此圈养着，到底是牡丹的幸，还是不幸呢？

对着一朵牡丹看久了，我忍不住想，这被人类宠爱了几千年的牡丹，它偶尔会不会想起一些前尘往事？它历经多少传奇，见识了多少浮世悲欢啊。唐时，人以它谋万金，每到春暮，车马为它奔之若狂。白居易曾在一首诗中，详细描述了当时这一怪现象：

帝城春欲暮，喧喧车马度。共道牡丹时，相随买花去。
贵贱无常价，酬直看花数。灼灼百朵红，戋戋五束素。
上张幄幕庇，旁织巴篱护。水洒复泥封，移来色如故。
家家习为俗，人人迷不悟。有一田舍翁，偶来买花处。
低头独长叹，此叹无人喻。一丛深色花，十户中人赋。

一丛深色牡丹花的价钱，竟相当于十户中等人家一年的赋税。达官贵人们不惜为它一掷千金，它真的成了富贵花。

这种违背常理的荒唐事，自然无法久长，牡丹终究还是回归自然，小鹿可采，小鼠可闻，寻常百姓可赏。我小的时候，我爷爷爱长它，在茅屋门前栽了两株，一株大红，一株粉白。花开时，哄得鸡也去看，猫也去看，鸟也去看，连家里出生没几天的小羊，也好奇地凑过小脑袋去。

夜读明人张岱记录的《天台牡丹》，大为惊叹：

天台多牡丹，大如拱把，其常也。某村中有鹅黄牡丹，一株三干，其大如小斗，植五圣祠前。枝叶离披，错出檐甃之上，三间满焉。花时数十朵，鹅子、黄鹂、松花、蒸栗，萼楼穰吐，淋漓簇沓。土人于其外搭棚演戏四五台，婆娑乐神。

有侵花至漂发者，立致奇祟。土人戒勿犯，故花得蔽芾而寿。

这株鹅黄牡丹的存在，已如神祇。世间草木，原都是神一般的存在，要的是我们一颗尊重和敬畏的心。有尊重，有敬畏，才有自然的永存。

资料卡

牡丹

别　　名：鹿韭、鼠姑、木芍药、洛阳花等。

科　　属：毛茛科。芍药属。

形状特征：落叶灌木。花单生枝顶。花瓣5枚，或为重瓣。玫瑰色、红紫色、粉红色至白色，也有绿色和黄色的，通常变异很大。花丝紫红色、粉红色，上部白色。蓇葖长圆形。

生长特性：喜温暖、凉爽、干燥、阳光充足的环境。花期4~5月；果期6月。

分布区域：我国各地均有栽培。

花　　语：圆满、浓情、富贵。

平民芍药

读《诗经》，最爱里面的一首《溱洧》：

溱与洧，方涣涣兮。士与女，方秉蕑兮。女曰观乎。士曰既且。且往观乎。洧之外，洵訏且乐。维士与女，伊其相谑，赠之以勺药。

溱与洧，浏其清矣。士与女，殷其盈兮。女曰观乎。士曰既且。且往观乎。洧之外，洵訏且乐。维士与女，伊其将谑，赠之以勺药。

画面美，美得不可言说。春风送暖，河水汤汤，人们出门踏青来了，身上佩戴着香花兰草，且走且乐。男男女女的面貌模糊不清，衣衫飘移也都不可见，可青春的气息，分明从字里行间里满满地溢出来，爱情的种子，在草绿花开间生长。人群中，有一个姑娘，看上一个小伙子了，她大胆向小伙子发出邀请，你看，河那岸好热闹啊，我们要不要一起看看？小伙子一听，心里早就有数啦，他也挺中意姑娘的，立即爽声应道，好啊好啊，我们一起去看看吧。他们并肩前往，一路上愉快地开着玩笑，对彼此的人品已了然于心。临别时，恋恋不舍，互赠芍药，约好下次见面的时间。

这样的恋爱，真是动人，带着草木的清香，明亮、洁净，异常炫丽。开在河畔的芍药花怕是不知，它竟做了爱情的信物，成了最迷人的花朵，千古不衰。

芍药之名的由来，历来纷争不断。李时珍是这么解释的："芍药，犹约也。约，美好貌。此草花容约。"我更倾向于它是"约会"的"约"。诗经年代，它就是一种被赋予了爱情魔力的花，男男女女持了此花约会，就相当于向全世界宣告：我喜欢上这个人了，这个人是我的了。

它后来怎么被牡丹抢了风头的呢？我想多半因为它是草本，易生易长，率真平和，更具平民化。而牡丹似乎从一开始就是贵族的，"唯有牡丹真国色，花开时节动京城"，那些辚辚奔跑的车马，不过是些追逐新鲜的王公贵族罢了。芍药呢，不争不嗔，安居在寻常百姓家，过着它千百年来的逍遥日子。人赏过牡丹后，仿佛才瞥见它的美，啊，原来芍药也是这么美貌的，不输牡丹呀。人的心里，起了怜悯，赐它"花相"的头衔：

晚春早夏浑无伴，暖艳暗香正可怜。
好为花王作花相，不应只遣侍甘泉。

对草木来说，人的偏心和同情，有时真是毫无道理得很呢。我想芍药得这样的头衔，一定觉得好笑极了，去，我才不要做什么花相哩，我就是我，芍药！

芍药花是春天告别时，给大地留下的最漂亮的一笔。谁家门口开着芍药花，我都要多看两眼，觉得那户人家好美好啊，把春天给留住了。脑海里一直留着一个画面，那是我去一个乡村时遇见的。我们的车经过村庄，就要开过去了，一户人家的屋门前，一大丛芍药花开得红粉乱扑，一只猫趴在花丛下打盹。我欢喜地扭头去看，村庄快不见了，那四下里乱溅的红，还在跳跃着。我后来常常会想到那丛芍药，和花下的猫。那只猫，怎么样了呢？它就跟《红楼梦》里醉卧芍药花下的史湘云似的，有着一捧的天真和烂漫。

我爷爷在世时，是个玩家，很酷爱养花。他长牡丹，也长芍药。他说牡丹和芍药都爱干净，故从不肯用粪水给它们施肥，而是自制一些肥料。谷雨前后，先是牡丹开，后是芍药开，紫红的居多。花朵又肥又大，阔气得不得了，花瓣一重叠一重的，有种云生不知处之感。这在当时的乡下，是很惹人瞩目的。众人都跑来看，大家一边闲闲地说话，一边让目光，闲闲地落在花上面。他们夸我爷爷，四爹，你种的花真好看。我爷爷不作声地笑，心里面的得意，却在眼角眉梢间泄露出来。我每每想起我爷爷，这样的场景，总要在脑海中反复出现。那日的花，那日的人，都是好得不能再好的。

资料卡

芍药

别　　名：别离草、将离、花中丞相等。

科　　属：毛茛科。芍药属。

形状特征：多年生草本。花着生于茎的顶端或近顶端叶腋处，原种花白色。园艺品种花色丰富，有白、粉、红、紫、黄、绿、黑和复色等，花瓣可达上百枚。果实呈纺锤形。

生长特性：喜光照，耐旱。花期 5~6 月。

分布区域：我国大部分地区有分布。

花　　语：情有所钟。

鸢尾在唱歌

五月里，鸢尾在唱歌——早晨，我在洗漱的时候，仿佛有谁在我耳边轻轻呢喃了这么一句。

我吓了一跳，谁？环顾四周，除了窗外的小鸟在鸣啼，并没有其他声音。那么，它是从我的身体里，自动跳出来的喽。我常常如此，总能准确捕捉到花讯，身体里似乎装了一个有关自然花讯的定时钟，一到准点，它定会及时给我报时。

那么，出门去吧，去听听鸢尾唱歌。

还记得第一次与鸢尾相遇的情形。那时我刚调到城里不久，租住在一个老式小区里。小区小，前后只有两排三层楼的房子，灰扑扑的，中间有甬道隔开。甬道两旁的荒地里，什么乱七八糟的东西都有。可有一天，它却被人收拾干净了，在里面种上了花草。起初也没谁在意，可当花草们蓬勃起来的时候，大家的眼前一下子敞亮靓丽起来，小区虽还是原来的小区，却像换了天地似的。大家再走进小区，总能焕发出一种喜悦，一种热情。花草原是最能抚慰人心的。

我在那里，得以见识到芍药开花，波斯菊开花，马鞭草开花，月见草开花，月季开花，还有，鸢尾开花。那时我尚不识鸢尾，虽然它老早老早就在我国定居了。汉末的《名医别录》里有记载："鸢尾，生九嶷山谷。五月采。"我似乎找到了很好的解释，我多年生活在平原，鸢尾是长在山谷中的，我没见过它很正常。事实上，鸢尾早就从山谷中走出来，成了庭院、河畔和街道旁的常客，只是我不曾遇到而已。世界太大了，人的足迹和认知太有限了，故我珍惜每一场相遇。每多一次相遇，我与世界的关联，便又更亲密了一些。

那日，我初初见到鸢尾，是大为惊叹的，世上居然有这么好看的花啊。它太像一只振翅欲飞的大蝴蝶了。也许，趁人一个不留意，它就飞走了。我当下给它命名，紫蝴蝶。后来得知它的确有别称紫蝴蝶时，我很开心，向从前那个也叫它紫蝴蝶的陌生人虚虚握了一下手，我们这也算是“英雄所见略同”了。

那日，我遇到了种花之人。他是个退休的乡村小学老师，来城里儿子家，看到楼下撂荒的地，甚是可惜，就整了些花草栽种进去。他说，每天看到这些花草好好长着，心情都很好呢。他告诉我，这些紫蝴蝶的学名叫鸢尾。我又实实在在惊叹了一下，古人真能想象啊，把它剑形的叶片，想象成了小鹰的尾巴。

自那之后，我越来越多地见到了这种花。它蓝紫色的花朵，自带一种高贵气质，霞绡雾縠一般。如果你仔细打量，会发现它的神奇，它拥有六枚花瓣，却分成内外两轮。外轮的三枚垂瓣较大，微微下垂，花瓣内侧延伸到基部之处，色彩突然从蓝紫转成素白。大概为了色彩搭配和谐，它在素白的底子上，特地描上蓝紫的斑纹。又在其上，缀上同色系的鸡冠般的装饰物。它的内轮旗瓣亦是三枚，比外轮垂瓣稍小一些，平展如小小羽扇。花柱特别漂亮，通身蓝紫，柱头处开裂成两片，像两瓣花。我找它的蕊，却怎么也找不着。等我把整朵花翻过身来，才发现了它的秘密。原来，它是善于搞潜伏的，它把它的雄蕊，紧贴着花柱后背而藏。一朵花的小脑袋里，到底装了多少叫你惊奇的东西呢？倘若你不走近它，你永远也不会知道。

我还见到开白花的和开黄花的鸢尾，然这不过是其冰山一角而已。它家族的兴旺发达，才真叫惊人的，除了我见到的蓝紫色、白色、黄色，还有淡紫、纯蓝、黑色、粉色、杂色等，品种多达两千个。世界各地，都有它的家族成员在布道，从古至今，它从来不缺少追随者。古埃及人把它花朵的图案，雕刻在法老的权杖上。斯芬克斯狮身人面像的眉毛上，也刻着它，代表着忠诚、智慧和勇敢。古希腊人崇敬地称它“爱丽丝”。爱丽丝是古希腊神话中的彩虹女神，是联系众神与凡间的使者。在古希腊人眼中，盛开的鸢尾花，就如同美丽的彩虹降临人世一般。在法国，鸢尾花一度成为法兰西王国王权的标志，国王把它印在军旗上。如今，它是法国的国花，象征着光明、自由和纯洁。在画家梵高的笔下，鸢尾花被赋予了更多的热烈、鲜丽、明亮、忧郁和挣扎，仿若一个人呈现出他的多面来：昂扬有。欢喜有。热爱有。深情有。孤独有。沮丧有。怨怼有……众多复杂矛盾的情绪交织在一起，真实又虚空。

花草才不要这么复杂呢，它只选择欢欢喜喜过一生，开它的花，唱它的歌。这天，我在通榆河畔，见到了一地盛开的鸢尾花。它轻盈的蓝紫的花瓣，无风也在轻轻晃动。我盘腿坐到一旁的草地上，挨着它，一切都静下来了。“鸢飞戾天，鱼跃九渊”，我听到动听的歌谣，从它喉咙深处，传了出来。

资料卡

鸢尾

别　　名：蓝蝴蝶、紫蝴蝶、乌鸢等。

科　　属：鸢尾科。鸢尾属。

形状特征：多年生草本。叶片剑形。花冠蓝紫色，也有白色、黄色、粉色等。六瓣。外轮3瓣，内轮3瓣。外轮花瓣中脉上有不规则的鸡冠状附属物。蒴果长椭圆形或倒卵形长。

生长特性：耐寒，喜湿，喜粘性土壤。花期4~6月。果期6~8月。

分布区域：我国的大部分地区有栽种。北非、中东和欧洲地区多有分布。

花　　语：爱的使者、爱情和友谊。

望帝春心托杜鹃

我曾交过一个笔友，在上大学期间。

那时，青年人都十分迷恋写诗，我也迷恋。一些文学杂志便顺应这样的时代潮流，专门辟了园地，给这些诗歌爱好者们。或举办诗歌征文大赛，或拟个主题，让大家一齐写。我也凑过几次热闹，便认识了一些同道中人。我的这个笔友，就是其中之一。记不清是他先写信给我的，还是我先写信给他的，反正我们很认真地通起信来，通了四年多。直到我毕业，挪过两个地方，这才断了联系。这之间，我们一直不曾见过面。搁在今天，简直无法想象，可那时的我们，就这么相处着，单纯、简单而美好。

这会儿我想起他，是因为一种花。当年我们来往信件的内容，大多我已记不起了，却有一件事印象深刻。有一回，我收到他的信，他在信里面夹了一朵花。长途跋涉，花已蔫了，却依然有着夺目的红。他告诉我，这花叫映山红。他们那儿，开门见山，一到春天，漫山遍野都开着映山红。可美了，你见了，一定会喜欢，他说。

我当然喜欢。单单想一想那满山红艳艳的景象，就叫我喜欢得不得了。我生在平原，长在平原，在上大学前，从没见过山。那开在山里的映山红，自然也没见过。我读了他的信，特别感动特别向往，回信说，等我毕业了，我一定要去你的家乡看看映山红。他表示热烈欢迎，计划着要带我去逛哪几座山，说那几座山上的映山红，都红得跟火焰似的，特别特别红。

我们后来中断了联系，我自然没能去成他的家乡。然我却越来越多地见到了映山红，原来，它是杜鹃啊。我去南方，南方的山上开着它。我去北方，北方的山里开着它。我去印度也邂逅到它。我去俄罗斯也遇见它。色彩除了艳红的，更多的是玫红，也有白色的、黄色的、杂色的。我也曾养过一盆玫红的，它在盆里憋屈得很，花开得越来越少，最后竟枯萎了。我把枯萎的根，埋在楼下草地上，隔了一年，它竟爆出新芽来，也算是奇迹一桩了。

现在，越来越多的城市，把它引进到园林和小区中，它成了最常见的花卉之一，大有要把天下给占领的势头。花期也说不准，有在春天开的，有在夏天开的，也有在秋天开的。它的家族成员也多，全球有九百多个呢，活跃在我国的，就有一半以上。

杜鹃一旦开起花来，便跟疯了似的，完全地不管不顾。白居易曾作诗如此形容：

> 火树风来翻绛焰，琼枝日出晒红纱。
> 回看桃李都无色，映得芙蓉不是花。

众所周知，桃花、李花和芙蓉都算得上是花中翘楚了，杜鹃花竟把它们全给比下去了，它的雄心，真不一般哩。怨不得它特别地有激情，特别地能来事儿，一开一大片，不见叶子，只有满铺的花朵，每一朵都是轰轰烈烈的。白居易称它是花中西施。它也的确很“西施”。艳丽的五瓣花，有一瓣上还印着漂亮的图案，仿若豹斑。长长的蕊，如同蛾子的触角，让人联想到《诗经》里那个叫庄姜的大美人，“螓首蛾眉，巧笑倩兮，美目盼兮”。在我看来，它更像是冲锋陷阵飒爽英姿的花木兰。

传说里，它是古蜀国一个叫杜宇的男人的血幻化出来的。他是个勤勉的君王，顺天时，应地利，终日里忙忙碌碌，使得古蜀国的百姓丰衣足食。然好日子过多了，极易给人造成思想上的麻痹、行动上的懒惰，他的百姓渐渐疏于劳作，连春耕这样的大事情，也给耽误了。他心急如焚，带头耕种，一日一日，积劳成疾，最后撒手而去。却放心不下他的百姓，灵魂久久盘旋，化作一只杜鹃鸟，绕着他的百姓飞翔、啼叫，一声声催促，布谷布谷，布谷布谷。嘴里啼出血来，每落下一滴，就在山头上开出一朵鲜红的花。他的百姓终于醒悟过来，称此花为杜鹃花。“惟有此花随越鸟，一声啼处满山红”“庄生晓梦迷蝴蝶，望帝春心托杜鹃”，诗人们这么写，原是有出处的。

传说自然不可信。但我却坚信，杜鹃鸟与杜鹃花之间，是有着约定的。杜鹃鸟一鸣唱，杜鹃花便欢欢喜喜开了。就像春风会唤醒一条河流。就像善良会安抚人心，让迷失的灵魂，重新找到回家的路。

资料卡

杜鹃花

别　　名：映山红、山踯躅、山石榴等。

科　　属：杜鹃花科。杜鹃花属。

形状特征：落叶灌木。叶革质，常集生枝端。花朵簇生枝顶。花萼5枚深裂。花冠阔漏斗形，玫瑰色、鲜红色或暗红色等。花丝线状。花柱伸出花冠外。蒴果卵球形。

生长特性：喜凉爽、湿润、通风的半阴环境。喜酸性土壤。

分布区域：我国绝大部分地区都有分布。

花　　语：永远属于你、爱的喜悦。

红花酢浆草的秘密

春回大地之后，在草地上，越来越多地见到红花酢浆草了。它们匍匐在草地上，一漫一大片。

每次见到它，我都要停下来看上小半天。它实在是可爱，翡翠绿的三枚小叶片，撑起一些粉红的小花朵。花朵虽小，也是认真化了妆的，五枚小花瓣上，都细细描上了紫红的花纹。好似刚学会化妆的小女生，画了眉毛，还要涂口红，一丝一毫也不肯马虎。

喜欢它的，还有小粉蝶。这些小粉蝶不只是喜欢它，简直是迷恋了，被迷得七荤八素的。也不晓得它有什么魔力，竟能招来这么多的小粉蝶，白花花的，落了一层，似飘下一场雪。我故意吓唬小粉蝶，俯身挥手赶它们走。它们慌乱飞起，又迅速落下，就是不肯走。它粉红的小花，在雪白的小粉蝶的映衬下，很像点了无数盏小小的许愿灯。

我琢磨了老半天，后来总算琢磨透了，这些小粉蝶肯定嗜酸。红花酢浆草是带着酸味的，尤其是叶子，有小孩子爱揪了它，放嘴里嚼着玩。所以才有人拿古代带有酸味的饮品——“酢浆”来打比方，给它取了这么个奇怪的名字。小粉蝶们都是冲着好喝的“饮品”来的呢，它们相聚一堂，日日狂欢。自然万物，你与我，它与它，看似毫不相干，其实冥冥之中，总有条秘密通道，相互抵达。

红花酢浆草全草皆可入药，可清热解毒，可治跌打损伤。这与它的性子倒是挺吻合的，它实在过于跳脱，一路奔跑，从美洲大陆，跑到亚洲来。人们本是拿它当花卉精心培植，长在园圃里，长在花盆中。可它受不了束缚，也不愿意被豢养着，趁人一不留意，偷溜出去。这一出走，就是大江南北了，就是广阔天地了。它尽情地撒开脚丫，奔跑着，一口气跑到野外去。我在我的乡下，一条田垄上，居然也看见它，在那里有滋有味地晒着太阳。太阳有多灿烂，它的花朵就有多灿烂。我替它高兴，它做回了它自己，自由、率真、无拘无束。一路的奔跑之中，它也曾受过伤跌倒过的吧？那不要紧，它自己可以给自己疗伤。

在一堆儿的红花酢浆草旁边停一停，你的心里会慢慢漫上一层喜悦。且暂搁下诸多的繁杂，尽情享受一回阳光的温情、花朵的明媚、小粉蝶的喧闹吧。这世上，最美好的事，莫过于做回自己。

资料卡

红花酢浆草

别　　名：大酸味草、南天七、夜合梅、三夹莲等。

科　　属：酸浆草科。酸浆草属。

形状特征：多年生草本。无明显地上茎。叶基生，三出复叶，具长叶柄。聚伞花序，常为伞形花序状。花粉红色，花冠辐射对称，花瓣 5 枚。雄蕊 10 枚，雌蕊 5 枚。

生长特性：喜向阳、温暖、湿润的环境。花期、果期 3~12 月。

分布区域：我国长江以北各地作为观赏植物引入，南方各地已逸为野生。

花　　语：璀璨的心。

画眉草

不知是谁，给一堆儿杂草想出这么个美妙的名字来——画眉草。可不是么，那细叶袅娜的样子，恰如女子拿了支眉笔，对着镜子，在细细描慢慢画。让人联想到林黛玉那两弯似蹙非蹙罥烟眉。画眉草的体态亦是弱柳扶风的，有着柔弱女子的轻盈之美。

近些年来，画眉草成了城市绿化的新宠，不少地方在公园以及路边的绿化带里，广泛种植它。有几丛画眉草点缀着，寻常惯见的路边景致，就婆娑了起来。有时恰好一阵微风拂过，那些细长的翠绿的叶子，齐齐摇曳，腾出一撮细细的绿浪来。我遇见了，总要为之驻足。它是让人眼睛十分舒服的一种草。

倘若它开花了——当然，它的花非常细小，简直不想让人看见似的，拼命往小里面小了去。然而，那嫩粉的一抹抹，还是藏不住的。纤细的花茎轻轻摇摆，碎碎的花序，就跟着摇摆出一抹抹嫩粉的轻烟来，清虚朦胧。

从前的乡下，它被吾乡人笼统地称作秧草。因它爱跟水稻们一起厮混，混着混着，就混成水稻的模样，只不过要瘦弱些。吾乡人很不待见它，看见，必除之。除秧草是件体力活，一天弯腰屈膝地待在秧田里，到晚上回家睡觉，腿也伸不直了。那时除草剂用得少，都靠双手，一根一根把杂草拔去。

它也爱混在杂草里长，在沟边，在渠旁。我们去挑猪草羊草，顺便也把它捎进去了。猪和羊很平静地吃了，根本不知道它们吃进去的是好东西，其药用价值和营养价值都是倍儿高的。更不知道它成熟了的穗里面，裹着的比芝麻还小的谷仁，是罕见的高抗性淀粉谷物，富含有钙、氨基酸、蛋白质及大量维生素 C，铁含量是小麦的两倍。它是埃塞俄比亚人的口粮哩。

生活在海拔三千多米高的高原上的埃塞俄比亚人，是把这种不挑环境易于成活生长的画眉草，当作恩人的。他们主要的庄稼作物就是它，每逢收获季节，人们载歌载舞庆祝。虽它的产量极低，150 粒画眉草谷粒的重量，只相当于一粒麦粒的重量，然它却极其抗饿，吃一块它做的面饼，就足够维持人体一天所需要的营养。埃塞俄比亚人称它苔麸，他们把它做成柔软的“英吉拉”（一种起孔的薄饼），顿顿吃它。

我院门前的花坛里，也跑过来一些画眉草，跟狗尾巴草混在一起长。我没有赶它走，由着它长着。有时，我踱步过去看它，觉得神奇。想它真是能跑啊，比长了翅膀的鸟还厉害，从老家非洲一路跑下来，跑遍世界各地了。它跑到我的花坛里，又是花了多少年的时间呢？如果讲际遇，我与它，不也是缘分的一种吗？我们都在这世间修炼了很多年，才得以拥有今生一期一会的机缘啊。

八九月，它的花渐渐鼎沸起来，一小穗一小穗粉色小花，如同米粉撒落，细腻温柔，疏朗有韵。我望着它，觉得它真是才情横溢呢，似乎就要写诗了啊。它本身就像一首诗。我剪了一小把，和紫色的马鞭草插在一起，摆在我的案头，怎么看，都是一帧美妙的风景。

资料卡

画眉草

别　　名：榧子草、星星草、蚊子草。

科　　属：禾本科。画眉草属。

形状特征：一年生草本。叶片线形，扁平或内卷，背面光滑，表面粗糙。圆锥花序较开展，有4~14朵小花。小穗成熟后，暗绿色或带紫黑色。颖果长圆形。

生长特性：对环境要求不高，多生于荒野、草地和路旁。花果期7~11月。

分布区域：世界各地均有分布。

花　　语：默默守护。

吊兰漫漫

我又撸下一把小吊兰，把它们栽进一盆土里。一两个月后，它们准会爆出一大盆的绿来。

对的，是“撸”。就像撸一串果实似的，顺着大吊兰的花茎，一股脑儿撸下来。大吊兰长长的花茎上，垂吊着好些小吊兰，像吊着一串绿绿的小鱼儿。别的植物开花结果，吊兰则一边开花一边直接生出小吊兰来，这是很神奇的事情。几年前我花十块钱买回一盆，如今已繁殖出数十盆，绿意盎然，四季不败。我真心实意想替吊兰打个广告：吊兰漫漫，你带一盆吊兰回家吧。

吊兰沾了一个“兰”字，似乎跟兰花家族沾着亲带着故。事实上，它跟兰花家族没有半点血缘关系，只是叶片儿长得有些像兰花家的罢了。它属于百合科。百合算是花里头的高门大户，在我国的栽培历史源远流长。南北朝的梁宣帝，就曾写诗赞美百合：“甘菊愧仙方，藂兰谢芳馥。”瞧，入药的甘菊遇见百合都自惭形秽了，芬芳的兰花邂逅百合都羞愧得凋谢了——无论是药用价值，还是芳香的气味，百合都要高出甘菊和兰花一筹的。然这是百合的荣耀，却不是吊兰的，吊兰只是百合家的一门穷亲戚，且是远房的，故乡隔着洲隔着洋，是直接被忽略掉的。

寒门里走出来的孩子，未必都是卑微懦弱的，比如吊兰。它很清楚它不是兰花，不是百合，靠祖上的荫庇是不成的，得靠自己打拼出一条路。它自揣没有美貌和芳香可赢人，那没关系，咱就修道行，修气质。恭喜它，它成功了。现在谁家没几盆吊兰啊？它长长的叶片，绿绿地垂着，什么时候看过去，都是生机盎然的。一室之中有了它，倍添几分清新和雅致。它还能在微弱的光线下进行光合作用，吸收空气中的甲醛等有害气体。它有侠肝义胆。

吊兰的自身修复能力和繁殖能力也超强。你忙，一两个月忘了搭理它，它奄奄一息了，叶片儿瘦弱得卷起来，却挣扎地抽出长长的花茎，花茎上开花，长出小吊兰——它拼上它全部气力，得以子孙绵延。这时候，只要你喂它一口水，它立马恢复过来，之前的所有苦楚都绝口不提了，它满心满意感激着当下的葱茏时光。

吊兰很勤勉，勤勉地繁殖，勤勉地开花。它的花茎，是从叶丛处抽出来的，起初很不显眼，就是浅绿柔嫩的一小枝。眼见着那小枝慢慢长啊长，长得比叶子还要长出许多了。这个时候再看那花茎，就变得有意趣得很，好比一根钓竿甩下。不几日，那根“钓竿”上，慢慢爬上它的战利品——如虫卵般的花骨朵，和一些匍匐茎。花一朵一朵开了，小小的白，六瓣张裂，半点含蓄也没有，完全地门户洞开，一览无余。心事也单纯，花丝素白，花药金黄，好似微笑的波纹。匍匐茎则自顾自闷着头，鳞根如糯米虫子般的轻咬着花茎，叶子一片一片抽出，聚集成一簇一簇的小吊兰。有时我不去理睬那些小吊兰，就让它们那么垂挂着，像钓着一串串绿绿的小鱼。别有风味。

资料卡

吊兰

别　　名：钓兰、垂盆草、挂兰、折鹤兰等。

科　　属：百合科。吊兰属。

形状特征：宿根草本。叶基生，条形至条状披针形，狭长，柔韧似兰。花茎从叶丛中抽出，长成匍匐茎在顶端抽叶成簇。花白色，2~4朵簇生，排成疏散的总状花序或圆锥花序。

生长特性：它适应性强，较耐旱。对光线要求不严，适宜在中等光线条件下生长，亦耐弱光。

分布区域：原产非洲南部。世界各地广泛栽培。

花　　语：无奈而又给人希望。

原野上的小花

矢车菊刚冒出芽来的时候，很不起眼，瘦单单的，很野草的样子。

它长着长着，依然很不起眼，茎细长，叶细长，还是很野草的样子。

我曾误把它当作一无是处的野草，从我的花坛里拔去不少。直到有一天，我看到它蓝色的花朵，跟小风车似的，顶在高挑的茎上，盈盈顾盼，才后悔不已，哎呀，我这有眼无珠的，糟蹋掉多少好花啊。

它倒没什么不高兴的。本就是欧洲原野上的寻常野花，并没有打算要欺瞒谁，故不伪不装，保持着它野生的本色。只要在一个地方扎下根了，便年年来相见。一朵花开动了，就有十朵百朵千朵跟着开了，很快地，开成一片蓝色的波浪。这片波浪荡啊荡的，从四月，一直荡到七八月。夏日傍晚，我做完手头的事，走到它的身旁去，坐上一小会儿，紧绷的情绪，会慢慢放松下来，原先有的郁闷，也没有了——没有什么不开心是花治愈不了的。

矢车菊的色彩迷人。有白色的，有粉色的，有紫红的……但最迷人的，还数蓝色的。它的花瓣是蓝的，花蕊也是蓝的，给人无比宁静的感觉。在欧洲，流传着有关蓝色矢车菊的种种传说，其中有两则流传甚广，一则是关于德意志皇帝威廉一世的：威廉一世九岁那年，内战爆发，他和弟弟跟随母亲逃难。途中，他们所乘的马车坏了，不得不下车步行，威廉的心情糟透了，他不肯再往前走了。他的母亲采下路旁盛开的蓝色矢车菊，编了一顶漂亮的花环，戴到他头上。母亲微笑着说，多好看的花儿啊，它会陪着我们的。威廉的心，渐渐变得安宁，那顶蓝色的花环，像一束美丽的光亮，给了他战胜困境的勇气。后来，他加冕成了德意志皇帝，念念不忘逃亡途中蓝色的矢车菊，给予它无限赞美，使之成为吉祥和幸福的象征。

另一则是关于日耳曼英雄阿尔米纽斯的：一次出征途中，阿尔米纽斯双眼不幸染疾，无法征战，痛苦不堪。这时，战神阿瑞斯出现在他的梦中，告诉他，采下路边蓝色矢车菊，敷在眼上，可治愈眼疾。阿尔米纽斯依言照做，眼睛果然很快康复。他大败敌人，凯旋而归，高兴地称蓝色矢车菊为“眼睛保护神”。

安徒生也是偏爱这种蓝的吧。所以才把他深爱的小美人鱼，搁在这一片蓝色的背景中：“在海的远处，水是那么蓝，像最美丽的矢车菊花瓣……”海水蓝得像矢车菊，那么矢车菊又蓝得像什么呢？似乎无解，直到有人用“矢车菊蓝”来定义这种蓝。这实在是再恰当不过了，还有什么比它自身更能代表自身的呢？它身上的神秘、优雅和浪漫的气质被唤醒了。

一次偶然机缘，我有幸观看到一场大型服装秀，模特们一律穿一袭矢车菊蓝的衣裙，提着矢车菊蓝的包包，款款走在舞台上，仿若一朵朵盛开的矢车菊。引得台下一阵阵惊呼，好美啊。那日情景，堪称美的盛宴。

诗人也是宠溺这种蓝的吧。保加利亚诗人伐佐夫曾为蓝色矢车菊代言：

我是原野上的小花，
名叫蓝色矢车菊，
我爱大气和天空，
我点缀着美丽的大地。
别看我身材瘦小，
我也用自己的美貌，

打扮着原野、田垅和山腰。

……

矢车菊的模样也生动，花朵如儿童持在手里玩耍的小风车。一枝花梗上，顶着三五朵这样的“小风车”，风一吹，“小风车”似乎就跟着转动起来。当我的矢车菊随着风转动起来的时候，吸引来了一只野蜂，两只粉蝶。它们很快跟它嬉闹在一起。

资料卡

矢车菊

别　　名：荔枝菊、翠兰、蓝芙蓉。

科　　属：菊科。矢车菊属。

形状特征：一年生或二年生草本植物。直立，分枝，茎枝灰白色。顶端排成伞房花序或圆锥花序。总苞椭圆状，盘花，蓝色、白色、红色或紫色。瘦果椭圆形。

生长特性：适应性强，较耐寒，喜冷凉，忌炎热。花期4~8月。

分布区域：我国大部分地区普遍栽培。欧洲、北美的野外较多分布。

花　　语：遇见幸福、热爱和忠诚。

开遍空山桔梗花

“哎，你快来看，这里冒出几棵桔梗哎。”我又一次巡视露台上的花园时，发现了桔梗。其时，它嫩绿的茎上，已开出一朵蓝紫的花。边上蹲着几个可爱的小花苞，鼓鼓囊囊的，如巧手妇人收拾的小包袱，上面还均匀地叠出五个角。它这是刚远行而来么？包袱都没来得及打开哩。我兴奋地拖过那人来看。

自从有了这个露台花园，我不时会收获到惊喜：三月里来了婆婆纳、苦荬菜；四月里来了花毛茛；五月里来了麦蓝菜；六月里来了石竹；七月里桔梗来了。更不要说什么一年蓬啊车前草啊，常结伴儿来做客的。我当然欢天喜地照单全收。这个花园是我的，也是风的，也是鸟的，也是虫子的，也是星星和月亮的。我们共同拥有共同经营，命运的相交如此神奇，我无比珍惜和感激。

那人头一回见到桔梗，他对它陌生且新奇着。我想桔梗对他亦如是。它们大眼瞪小眼对视良久。他叹息一声：“真好看。”问：“哪个桔？哪个梗？”我笑答：“桔子的那个桔，不过读音是结果的‘结’，花梗的梗。”他“哦”一声，又上下左右打量了一番花，纳闷地说：“它不像桔子啊。”

它当然不像桔子，因为它跟桔子没有半点关系。之所以叫这个名，是因它的根。李时珍称其“根结实而梗直”，“结”与“桔”同音，故有了“桔梗”之名。

它最初，是以名药的身份，出现在江湖上的。庄子在他的《徐无鬼》中，拿药打比方，其中就提到桔梗：

> 药也，其实堇也，桔梗也，鸡壅也，豕零也，是时为帝者也，何可胜言！

庄子说，在用药上，乌头、桔梗、鸡头米和猪苓谁是主药，是说不准的，得由具体病理而定，风水轮流转。

许是它作为头等药草，太过光芒耀眼了，好长一段时期，人们愣是故意忽略掉它花开时的鲜妍和靓丽。它偶尔也入驻诗词，仍是以药草的身份。人们对它的才能是信任和尊崇着的，王安石在病中作诗云：“病与衰期每强扶，鸡壅桔梗一时须。”大病一场后，他衰弱得靠搀扶才能行走。彼时，他太需要桔梗作汤药来抚慰了。

桔梗的花，就这么很是寂寞地美着，在深山，在老林。一直到清朝，有心人才恍然惊觉，咦，这桔梗的花也不错哟，有着满满的山野之趣的。这才有了缪公恩的“蕨羹麦饭无余事，闲看溪边桔梗花”。山村人家，饭后无事，倚门闲闲地看着屋旁小溪边开得好好的桔梗花。这个时候，人是单纯的，花是单纯的，相看两不厌。

桔梗花的气味清淡得很，清淡到近乎无。然颜色却绝对出彩，盛开时，是介于蓝紫之间的雪青色，或曰青莲紫色。它的模样也是精心修饰过的，给人衣衫整洁纹丝不乱的印象。花苞有五个角，花朵有五个角，花蕊也有五个角。对着它看久了，我不由得陷入沉思，每一朵花以什么方式存在，总有它自己的理由吧。在上千年，甚至上亿年间，它不断探寻，不断完善，最后以这样的气味、这样的颜色、这样的模样定格下来，成就了圆满和美，这是花朵成为花朵的意义吧。美是一个不断进取不断修行的过程。对人而言，何尝不是如此？

很喜欢清人震钧闲闲写下的一组偶遇诗，中有“平冈十里无行道，开遍空山桔梗花”之句。初读，似乎是寂寞惆怅得不得了，空山不见人啊。再读，你会听到满满的喧闹声扑了过来，一座大山里，奔跑着无数的紫衣女娃，她们摇着紫色的铃铛，叮叮当当，叮叮当当。这座山，该有多美好啊！桔梗的花蕾欲开未开时，像极了紫色的铃铛。

资料卡

桔梗

别　　名：包袱花、铃铛花、僧帽花。

科　　属：桔梗科。桔梗属。

形状特征：多年生草本植物。叶片卵形或卵状披针形。花冠大，蓝色、紫色或白色。花萼钟状五裂片，裂片三角形，或狭三角形，有时齿状。蒴果球状，或倒卵状。

生长特性：喜凉爽气候，耐寒、喜阳光。花期 7~9 月。

分布区域：我国绝大部分地区均有分布。朝鲜、日本等国也有分布。

花　　语：永恒的爱。

春露到秋风

小姑在屋门前的菜地里，栽了些小花，是她从几十里外的二姑家带回的。

小姑不是个很在意花草的人，她更中意长些葱啊蒜的，哪怕有一丁点土地，她都勤勤恳恳种上菜蔬。那些能吃啊，花又不能吃，小姑振振有词。小姑是个实用主义者。然她还是被二姑门前的小花打动了，她说，开了一地哎，蛮可爱的，蛮好看的。

小姑栽下花不久，就去了她的儿子家，一住小半年。等她归来，门前的菜地已荒芜，然在那荒芜之中，却有一丛明艳的小花跳出来迎她，朵朵活泼，仿佛在说，主人，欢迎您回家。小姑感动得很，打电话跟我分享，这花太好长了，太能开了，太讲义气了。我被小姑的情绪渲染得恨不得立即跑去见那些花。你想想啊，当你离家，却有花在忠诚地为你守着家，不管你去了多久，不管你去了多远，它都把好颜色替你留着，这是多么美好的一件事。就像花跟你谈了一场忠贞不渝的恋爱。

我问小姑，是什么花？

小姑答，不知道哎，就是好看又好长的那种小花，紫红色的，还自带花边。

我让小姑拍了照片传我。一看照片我乐了，这不是石竹么？

腊月里，城里的每家花店都有卖。茎丛生，直立。节膨大，貌似竹节。叶子青青翠翠的。花朵如铜钱大小，撑在茎上，仿若剪刀给剪出来的。颜色有紫红的，有大红的，有粉红的，有素白的。每一朵花的边缘都镶着一圈好看的花边。红色的呢，就搭配一圈白色的花边。素色的呢，就搭配一圈红色的花边。喉部的色系，跟花边一致，看上去艺术感特强。很讨喜的一盆，才卖 10 块钱。买回来能开好长时间，滴几滴营养液就能爆盆。过完春节，我把它移栽到楼上露台的花坛里，顺便再剪插一些，它便能长出一大丛来，花朵从春开到秋，不改初衷。唐人司空曙对它的描述十分到位：

野蝶难争白，庭榴暗让红。
谁怜芳最久，春露到秋风。

它白也白得素净，红也红得分明。更惹人怜爱的是，它的花期之长，从春露降，到秋风起，它一一见证着，做了大自然最好的背景。

说来也是奇怪，这么"般疑曙霞染，巧类匣刀裁"的花儿，在唐之前，少有人提起过。是它本是草芥不足以被人提及呢，还是它被混叫成了另外的名字？又或者，它被直接叫成野花了？它本就生于荒野石隙间，被叫成野花，也属正常。从前朱雀桥边的野花，说不定就有石竹。陶渊明笔下的"芳草鲜美"，其中有没有石竹呢？

到唐时，它一现身，直接就飞上了罗衣，"石竹绣罗衣""古罗衣上碎明霞"，一团的明艳，如虹如霞。女人更偏爱这种花吧，它的明丽，它的精致，它的优雅，像一件上好的绣品，对她们的女红是一种挑战。她们拈起针线，一针一线，把它绣在衣裙上，把她们对生活的渴盼和热爱，也一并绣进去了。从此，石竹与女子、与罗衣，密不可分。

王安石是怜惜和欣赏石竹的，他为它呼吁：

春归幽谷始成丛，地面芬敷浅浅红。

车马不临谁见赏，可怜亦解度春风。

幽谷之中，石竹开得那么好，浅红铺陈，一片鲜丽，却无车马光顾，一任它独对春风。人们啊，真是辜负了这美好的春花春景啊。

王安石是借花喻人吧，有才能的人不被待见，是社会资源的极大浪费。石竹无言。石竹的世界里，自有它的一套生存法则。它只按着它的节奏，织出它的锦绣，总有一天，你会看见，并为之羡慕且倾倒。宋人张耒初见它，是把它引为知音的吧："真竹乃不华，尔独艳暮春。"曲高和寡又如何呢？要的就是这份与众不同。

如今，喜欢石竹的人越来越多。大江南北，你随便在哪条巷子里转着，不期然的，就能遇见它。横卧在某扇窗下，灿若朝霞。又或是在哪条溪边活泼着，"一枝两枝初笑风，猩猩血泼低低丛"。你看着它，仿佛看见一个罗衣轻飘的女子，带着千年前的气息，款款而来。

资料卡

石竹

别　　名：洛阳花、中国石竹、石竹子花等。

科　　属：石竹科。石竹属。

形状特征：多年生草本。丛生，茎直立。叶片线状披针形。花单生枝端，或数花集成聚伞花序。花萼圆筒形，有纵条纹。花瓣倒卵状三角形，有紫红色、粉红色、鲜红色或白色。顶缘不整齐齿裂，喉部有斑纹。花柱线形。蒴果圆筒形。

生长特性：耐寒、耐干旱，不耐酷暑。

分布区域：我国南北地区普遍生长。俄罗斯和朝鲜也有分布。

花　　语：纯洁的爱、才能、女性美。

开出倾心向太阳

一入夏，视野里便多蜀葵。

它们蜂拥而至，殷殷阗阗。给我的感觉，好像来了一支浩浩荡荡的马戏团。

我说“浩浩荡荡”可真是没夸张。小时候最快乐的事，莫过于远远瞭见马戏团进村了。打头走着几头威风凛凛的大马，马头上缠红花。后面跟着带着行头的男男女女，他们一律穿着光鲜的演出服。耍杂技的小女孩走在里面尤其扎眼，脸蛋红扑扑的，着水粉的衫子、水绿的裤子，两只羊角辫朝天竖着。偏僻简陋的村庄因他们的到来，而变得绚彩万分。一村的孩子几乎全出来了，跟在后面蹦蹦跳跳，蜿蜒成一条长龙。戏未开场，这浩荡的画面，就很叫人热血沸腾了。

我盯着盛开的蜀葵看，它们真像马戏团里耍杂技的小女孩啊，一个个都红扑朴着一张脸，一身艳艳的衣裳，绮丽绚烂。它们也会走钢丝、顶碗、耍坛子吗？做各种高难度的动作，身子却轻盈得跟只蝴蝶似的。一茎上攀着那么多朵花，直直地，高过一丈之外去了，大红、紫红、粉红、淡红、柔粉、杏黄、素白、紫黑，真正是乱花渐欲迷人眼。有地方称它“一丈红”，颇有几分道理的。

吾乡人的叫法却有趣，叫它饼子花。大约是因它的模样，很像摊开的一张饼吧，还是张中间搁了颗甜果子的饼。它的花蕊，恰似一颗糖霜浸过的甜果子。那时，它并不像现在这么成群结队，被安排在城市的绿化带中，或是公园里。它往往只一丛，孤单单地站在某户人家的茅屋旁。颜色也不缤纷，常见的只大红、粉红或紫红这几种。也没个人稀罕它，只当它是野生野长的。小孩子高兴了，就扯下几朵来玩，一瓣一瓣剥下来，贴在脸上、衣服上。也不知贴了干吗，就那么玩着，很快乐就是了。没谁会去怪罪的，盖因它实在太能开了，花蕾结了那么多，顺着茎秆爬满了，结结实实的。

那时自然不知它还有大名叫蜀葵。蜀葵之名，历来颇多争议。有说因它出自蜀地，故有此称呼。有说古语里的“蜀”意思是“大”，蜀葵是指大葵，是葵里的大花者。《尔雅》里还曾叫它戎葵，言它出自戎地。它还有吴葵、胡葵、卫足葵之叫法。这让它的身世染上传奇色彩，它到底产于何地呢？扑朔迷离得很。它呢，由着人们去争论，只赤胆忠心地开着它的花。天空之下，大地之上，都是它的家。

连续好几天阴雨，有时雨大如柱，金鸡菊、月季、合欢都不胜风雨侵袭，打落下不少花瓣。我记挂着蜀葵，不知它怎么样了。几番思量后，决定冒雨跑去看它。当我明明白白奔着一丛花而去时，我的心里，涨满幸福。在这人世间，有所惦念，原是件很幸福的事。

几个环卫工人裹着雨披，把被大风刮落的树枝堆到一起，准备运走。女贞树碎碎的花，铺了一地。我看到蜀葵了，好好地待在河畔，一茎茎或红或紫或黄或粉的花朵，朝着天空。即使那里没有太阳，它也在搜寻。它知道，太阳就在云层后面，就在阴雨后面。它这永远追赶着太阳乐活的性子，曾照亮过多少人啊。宋人金朋说因此心生感慨：“庙廊忠梗谁堪比，能展丹心向日倾。”另一个叫王镃的人，则更为炽热地赞美道：“花根疑是忠臣骨，开出倾心向太阳。”在王镃心中，蜀葵就跟大英雄岳飞似的。

我轻轻问蜀葵，你是不是个忠臣呀？蜀葵但笑不语。毛刺刺的花蕾，如小青桃般的，缀满花茎。下了几天的雨，渐渐停了。

资料卡

蜀葵

别　　名：戎葵、吴葵、卫足葵、胡葵、一丈红等。

科　　属：锦葵科。蜀葵属。

形状特征：二年生直立草本。叶互生，掌状浅裂，具毛。花腋生，单生，或簇生。花冠辐射对称，花瓣5枚或多枚。花大，有红、紫、白、粉红、黄和黑紫等色，花丝纤细。蒴果圆柱形。

生长特性：耐寒冷。耐炎热。在疏松肥沃排水良好的沙质土壤中生长良好。花期2~8月（各地不同期）。

分布区域：全国各地均有分布。

花　　语：梦、忠贞、温和。

藉藉书带草

是十几年前的事了，去逛花市，一眼就被一盆秀气的草给迷住。白瓷花盆装着，草叶儿青绿修长，仿若青丝密布。叶丛中，几穗紫紫的小花，也是顶顶秀气的，如同用针管笔勾画出的，眉眼细细。在满目的大红大绿中，它真是秀气得有些孤独啊。

啊，我喜欢，我当即捧了它。花贩告诉我，这是吉祥草。我微微诧异，它怎么叫了这么个俗名呢，但还是欢欢喜喜接纳了。人生所奢求的，不就是个吉祥如意么。

我把它搁在我的书房里，日日相见，两相欢愉。它有我非常羡慕的地方，就是总也看不出它的真实年龄。几番春去秋来，它依然是青绿的一盆，不生暗斑，不长皱纹，一直饱满地青春着，青丝飘拂。我在书房里读书，想它也在读吧，叶子微微颤动。如果这时候阳光正好照进来，它的影子，便会投射到一旁的墙上，婀娜多姿，十分的迷人。我把这当了不起的作品欣赏，总要消磨掉许多好时光。日子一天一天，这么青绿水灵地过着，我很满意。

某天，我在野外忽然遇见它，树下成丛长着，绿波浪般的荡漾开去，一直荡到密林深深处。我吃惊不小，我当宝贝一样宠着的草，怎么可以这么铺张？旁有木牌子竖着，上书三个字：书带草。

我恍然大惊，它原来就是鼎鼎大名的书带草啊。西晋以来，文人墨客们乐此不疲地赞美它，有为它写赋的，有为它写诗的。李白写过“书带留青草，琴堂幂素尘”；张祜写过“碧抽书带草，红节米囊花”；李群玉写过“空馀书带草，日日上阶长”；杨万里写过“满阶只种书带草，黄金非宝书为宝”；苏东坡写过“庭下已生书带草，使君疑是郑康成”。

东汉末年的大儒郑玄，字康成，少时被人誉为神童。学富五车，人说他“著书满家，从学数万”。他在长学山的书院中讲学，跟随弟子成百上千，不论贫富贵贱。书院的石阶下，遍生细长野草，终年绿幽幽的。郑公常顺手拔了这草，把翻阅好的竹简捆上。这草，就跟着他出了名，被世人称作“康成书带”，或“书带草”。明末清初的李渔，怕是到死都在抱憾中：“书带草其名极佳，苦不得见”。他偶见“书带草”之名，立即倾心不已，哎呀，这也太有文化韵味了嘛。他心心念念着要见一见这草，无果。他很有些酸溜溜地说：“噫，康成雅人，岂作王戎钻核故事，不使种传别地耶。康成婢子知书，使天下婢子皆不知书，则此草不可移，否则处处堪栽也。”他认为是郑康成小气了，不使自家才美外泄，才使得这草只在自家书院里长着，而不能移栽到别处去，故他不得见。

我却疑惑起来，李渔真的没见过书带草吗？他出生富裕之家，“家素饶，其园亭罗绮甲邑内”，他有私家小花园，有亭台楼阁，里面一定少不了书带草的点缀。又他游历颇广，逛过不少园林建筑名川大山，也没少见过书带草的吧，只他不自知罢了。许是那时，书带草被人唤作沿阶草了，品格一下子从高雅，跌落至慵常。李渔根本没想到，这“慵常”里，藏着的阔大，他就这么错过了。

我沉思起来，我也应该老早就见过书带草的，在一些园林里，在一些石径旁，只是忽略了而已。我所在的小城，也应该早早就栽种了书带草的，我也忽略了。当我的目光终于聚焦到它的身上，才发现，它原是极为寻常的存在。我日日散步的路旁，长着些香樟树，树高大茂盛，浓荫匝地。每棵树的树底下，都围着一圈书带草，如葱如韭，鲜润茵茵，披拂婆娑，行板如歌。它在颂读着，一刻不停。天地间风来雨往，鸟鸣蛙叫，花开叶落，星转斗移，都该是它颂读的内容吧。

我弯腰凝视。这些安安静静的草，翠影叠叠，是禁得起任何目光检阅的。在红尘的芜杂中浸染久了，眼睛生尘，但愿它的鲜润，能给我清洗一二，让我照得见生命的本真。

资料卡

书带草

别　　名： 沿阶草、绣墩草、麦冬等。

科　　属： 百合科。沿阶草属。

形状特征： 多年生常绿草本植物。叶丛生于基部，狭线形。总状花序。花淡紫色，六瓣，形小，微向外卷。花后结碧色果实。

生长特性： 不择土壤，适生于丛林下，或草地边缘，或水景四周。花期 5~10 月。

分布区域： 我国绝大部分地区都有栽培。

花　　语： 诗意的向往。

爱笑的秋英

第一次遇见秋英，是在辽宁。那是个阳光大好的秋日，我跟着一行人去山里玩，途经一个小村庄，大家停下休息。路边零星几户人家，泥瓦房，石头垒的院墙，简朴得很。然每家每户的屋前屋后，都有秋英环绕着。花开得正好，罗带粉裙，俏脸含春，活像一群明媚的少女聚在一起，谈笑风生着，有好事将近的喜悦。那些简陋的房子，因它们变得富丽。我被迷住，绕花打转，问同行者，什么花？他们也不知，随口道，野花呗。

也只能暂叫它野花了。后来一路之上，见多此花，在野地里活蹦乱跳着，真是野得很啊，倒是“名副其实”。我终忍不住，下车掐了一把，拿矿泉水的瓶子养着，一路小心捧着，一直捧进入住的客栈。客栈门口也多此花，红红粉粉的，雀跃缤纷得不像样子。同行人笑话我，亏你还当个宝一路捧着，这里这么多啊。我笑而不语，不觉有所亏损，这一路之上，它的灿烂和明媚，都在陪着我，我很愉快。我把这一捧花，搁在床头，它便在我的床头欢笑。八瓣花均匀地摊开，每瓣花的顶端，都笑出裂纹来。它真能笑啊。睡梦里，仿佛都听到它在咯咯笑。我走，要乘飞机，带不走它，只好把它“遗落”在那家客栈。我希望打扫房间的服务员见到床头的它，能会心一笑，一天都有好心情。

两年后，我去内蒙古，沿着额尔古纳河一路走下去，河岸边多此花。那时，我已知它有大名叫秋英。初听这名字，觉得好大众化啊。细品之，却品出无数的缤纷，那是一整个秋天的缤纷哪。也有人唤它波斯菊，因它是由波斯人传入我国的。它完全没有生在异国他乡的局促不安，绕着每一幢桦树屋蹦跳。在每一条小路旁蹦跳。在草原上蹦跳。一身的霓裳羽衣，光光鲜鲜。有着棕色毛发的马，慢悠悠地走在一片花海中。马背上，骑着着蓝衫戴毡帽的汉子。这样一幅秋英漫漫图，是我对额尔古纳河最深刻的印象了，给我地老天荒的感觉。

西藏也多此花。1907 年，清朝驻藏大臣张荫棠将秋英的种子带到西藏，不过百十年的工夫，它就在西藏蔓延开来。我两次去西藏，感触最深的，就是秋英花开明媚的模样。它们一律扭着纤细的腰肢，摇曳在人家的房前屋后、山涧河畔，把那一方热土，衬得绚烂多姿。当地人亲切地唤它，格桑花。藏语里的格桑花，原是指高原上美丽的花朵。在藏人眼里，秋英无疑是美丽的。我去那里的学校做讲座，讲座结束后，一孩子跑来拥抱我，邀请道，老师，去我家做客吧，我家那儿可美啦，有美丽的小溪，小溪旁边，开着好多好多美丽的格桑花，您一定喜欢的。我差点把持不住自己，就要跟着他跑去他家，看看那些美丽的格桑花。我坚信，眼里有花的孩子，心里一定装着很多温柔，长大后，他不会变坏。因为，被花滋养过的灵魂，会散发出持久的香气。

我也种了些秋英，在老家门前。春天种下，夏天开了花，引得无数的小粉蝶飞奔而来。我妈说，好多人上门讨要花的种子呢。我回，给。几年后，吾乡人家几乎家家门前都种上了秋英，从夏到秋，都在明丽而灿烂地开着花。

资料卡

秋英

别　　名：大波斯菊、波斯、格桑花、八瓣梅、扫帚梅。

科　　属：菊科。秋英属。

形状特征：一年生或多年生草本植物。叶对生，羽状深裂。头状花序，单生或伞房状排列，具长花梗。花冠辐射对称，花瓣多枚，由多朵小花聚集而成。舌状花紫红色、粉色或白色等，管状花黄色。瘦果，圆柱形。

生长特性：喜光。耐贫瘠土壤。忌炎热，忌积水。花期6~9月。

分布区域：我国大部分地区均有分布。

花　　语：少女的心。

醉鱼草

九月中旬，我去了趟浙江临安南苕溪之滨的指南村。这个小小村庄，养在山里头两千多年了，像一块璞玉，吸纳天地精华，被滋养得温和润泽。一方池塘荡漾在村子里，青碧碧的，被唤作天池。人家多绕天池而居，周围古木参天。层层梯田，傍着人家的房子，如巨龙盘旋而下，直至谷底。谷底，草木森森。

随便沿着一条田埂道，你都可以作闲庭信步。小道是野草铺就的小道，每走一步，都有草香被搅动得四处飞溅。田埂旁，亦是杂草丛生，却不显得杂乱无章，而是干净异常，小草绿着，花朵白着、黄着、粉着，别有风味。地里稻穗饱满，色泽在青绿与金黄之间，有着恰到好处的温柔。漫步在这样的田埂道上，听不到车马喧嚷，眼前只有自然风物，画卷一样的，摊着，怎么看，都是美。人的情绪，被熨得极其惬意。野草野花一个一个数点过去，那么多，飞蛾藤、三裂叶薯、攀倒甑、爵床、水竹叶、商陆，都是大有来头的草啊，都跟着这座村庄，被滋养了上千年了，灵秀丰盈，有着各自的传奇。

醉鱼草突然跃入眼帘。一丛，蓬勃着，在山坡上。数枝浅紫色的花穗，弯向一边的水稻田，在柔风中轻轻摇摆。每一枝花穗上，都嵌着无数朵小花。花冠似高脚的小碟子，清婉又浪漫。不知怎的，我想到白乐天的诗句："花非花，雾非雾。夜半来，天明去。来如春梦几多时？去似朝云无觅处。”这样的花，真的有些如梦似幻啊，不单醉鱼，也醉人的。

醉鱼草能致鱼昏厥，的确是当真的。它的花和叶中，皆含有一种叫作醉鱼草甙的成分。从前捕鱼人捣碎此草，投入河中，鱼傻傻地吸食后，很快呈现麻醉状态，捕鱼人轻易将它们捕获。李时珍在《本草纲目》中，对醉鱼草的习性，做过详细说明：

> 醉鱼草南方处处有之，多在堑岸边作小株生，高者三四尺。根状如枸杞。茎似黄荆，有微棱，外有薄黄皮，枝易繁衍。叶似水杨，对节而生，经冬不凋。七八月开花成穗，红紫色，俨如芫花一样，结细子。渔人采花及叶以毒鱼，尽圉圉而死，呼为醉鱼儿草。

天地万物，本就相生相克，这也就罢了。然醉鱼草却是含着委屈的，它在岸上长得好好的，开着它的花，播着它的香，根本不曾有过害鱼之心，却硬生生背上了“醉鱼”的坏名声。幸好蝴蝶安慰了它。花蝴蝶真多，也不怕人。它们扇动着美丽的翅膀，飞着飞着，就都降落到醉鱼草上。一丛之上，居然来了十来只之多，它们各自找到心仪的花朵，与之缠绵到一起。我看了好久，它们也没有走开的意思。“你之砒霜，我之蜜糖”，在醉鱼草跟前，鱼与蝴蝶的感受，真的有着天壤之别啊。

资料卡

醉鱼草

别　　名： 闭鱼草、痒见消、鱼尾草、鱼泡草、毒鱼草等。

科　　属： 马钱科。醉鱼草属。

形状特征： 多年生半常绿灌木。叶对生，膜质。穗状聚伞花序，顶生。花萼钟状。花冠裂片近圆形，紫色，芳香。蒴果长圆状或椭圆状。种子淡褐色。

生长特性： 喜温暖湿润气候，适生于海拔 200~2700 米山地路旁、河边灌木丛中或林缘。花期 4~10 月。

分布区域： 多见于江浙一带及两湖、两广、云贵川等省区。

花　　语： 信仰心。

数枝红蓼醉清秋

小时也是见多了红蓼的。

当然，那时不知它有这么个好听的名字。吾乡人是怎么称呼它的，我实在回忆不起来了，大约是唤它野花的吧。那时，谁站在野地里唤一声野花，怕是有千朵百朵花来应的。天高地阔，那些花们就那么野生野长着，染遍颜色无人管，挺自由的。

印象中，红蓼总是与杂草们混在一起，爱在低洼处扎堆儿。它初初生长的样子，跟棵野麻差不多。夏秋时节开花了，一穗穗，低垂着脑袋，虽也有好颜色加持，却被杂草遮掩掉不少，显得凌乱，不修边幅。我们也只是草草望一眼，知道那里有花开了，从不曾想着去亲近。比它扎眼的野花多着呢，比如马兰头，紫雾弥漫着一般，路旁、溪边都有，随便就能采上一大把。

一些年后，我在《诗经》里遇见它，就很惊奇了，从前的人，居然那么欣赏它，欣赏得近乎崇拜，他们给它取名——游龙：

山有乔松，隰有游龙。不见子充，乃见狡童。

山上长着高大的松树，洼地里开着红蓼花，这景象是姑娘用作约会的背景的。约会的结局似乎并不令姑娘满意，该来的人没有来，不该来的人来了。一旁的红蓼却不动声色，继续开着它的花，放纵疏阔，好似游动的蛟龙一般。

老子说，天地不仁，以万物为刍狗。这“不仁”里，自然也包括了树木花草，包括了这“游龙”一般的红蓼花。树木花草最是无情，也最是有情，它们对谁都一视同仁着，不偏不倚，叶落花开，都是深情厚谊。那颗受伤的心，红蓼可治愈的吧？当那个约会失败的姑娘，看着满地的红蓼花开，心情慢慢也就好了。

在我常去散步的西园，湖边多红蓼，我得以细细观赏它，看久了，渐渐看出它独特的美来。它开花的样子很斯文，一朵一朵，慢慢来。那些花，细细小小的，如炸开的米粒般的，有淡紫的，有玫红的。它一颗一颗，细数着这些“小米粒”，把它们聚集成一穗。每一穗都有一个纤长的花柄，花穗便常作低头状，谦逊又矜持，平添了几分婉约。像嵌着些淡紫珠子或玫红珠子的宝钿，在风中轻轻摇着、摇着，直接上得了美人头。连带着一旁的水，也有了别样的动人。白居易写“秋波红蓼水，夕照青芜岸”，他是真正读懂了红蓼之美的一个人。那样一个寻常的黄昏，因了一丛红蓼花，明艳宛转起来。水也不是寻常的水了，是红蓼水。风也不是寻常的风了吧，该是红蓼风的。

红蓼的花始放于初夏，浓盛于仲秋。故它身上，染着强烈的秋天色彩。这色彩里，有离别，有寥落，也有众声喧哗逐渐隐退后的恬淡。它的世界，因此变得异常丰富，住得下所有悲欢离合。“河堤往往人相送，一曲晴川隔蓼花”，它见证着一个一个的别离；“犹念悲秋更分赐，夹溪红蓼映风蒲”，它接纳着如水漫过的失落和悲伤；“翩翩水鸟自沉浮，红蓼黄芦两岸秋”，它在犬吠声声中，迎回唱晚的渔舟。我们观花，也是在观照我们自己的人生。

秋天，我去江南的一些古镇走了走。江南的古镇看上去都差不多，水多，桥多，老巷道多，从前的故事也多。这些，自然是好的。但最终，牵住我目光的，却是锦溪水边的一丛红蓼。我在对岸，看着那玫红的一枝枝花穗，弯向水面，像极了浣衣的女子。它的背后，是一堵斑驳的粉墙。风徐徐吹着，水面上不时泛起玫红的细波。一时间，我竟有些走神了。我想起爱花的陆游，一生追赏过无数的名花，到最后，迷恋的，却是水边那数枝红蓼的疏朗开阔，晚景的冷清里，被抹上一抹鲜亮，他欣慰地写道："老作渔翁犹喜事，数枝红蓼醉清秋。"我这一路几百里地奔来，原也是为了这数枝的"醉清秋"啊。

资料卡

红蓼

别　　名：狗尾巴花、荭草、红草、家蓼、游龙等。

科　　属：蓼科。蓼属。

形状特征：一年生草本植物。茎粗壮直立。叶片宽卵形、宽椭圆形或卵状披针形，两面密生短柔毛，具长柄。总状花序，穗状，顶生或腋生。花紧密，微下垂。花色玫红、淡红或白色，一小花常作五裂。瘦果近圆形。

生长特性：适应性很强，对土壤要求不严，适应各种类型的土壤。花期 6~9 月，果期 8~10 月。

分布区域：我国各地广泛分布。

花　　语：立志、思念、离别之情。

泉瀑涓涓净，山花霭霭飞。